KB113528

THE

SIGN OF FOUR.

BY

A. CONAN DOYLE.

———— ⬤ ————

London :

GEORGE NEWNES, Limited,

SOUTHAMPTON STREET AND EXETER STREET, STRAND.

1892.

CHARLES KERR.

네 개의 서명

The Sign of Four

아서 코난 도일 지음 | 공경희 옮김

더스토리

차
례

| **일러두기** | 작품 주인공의 이름인 '셜록 홈즈'는 외래어 표기법상 '셜록 홈스'로 쓰는 것이 올바르나 널리 통용된 셜록 홈즈로 명기했습니다.

네 개의 서명

1. 추리학

셜록 홈즈는 벽난로 선반 구석에 놓인 병과 모로코제 가죽 상자에 든 주사기를 꺼냈다. 길고 흰 섬세한 손가락으로 가느다란 바늘을 조절하더니, 왼쪽 소매부리를 걷었다. 잠시 그의 시선이 건장한 팔뚝과 손목에 머물렀다. 점점이 박힌 바늘 자국과 흉터가 잔뜩 남아있었다. 이윽고 셜록은 뾰족한 바늘을 살갗에 찌르고 작은 피스톤을 꾹 눌렀다. 그런 다음 벨벳 안락의자에 기대앉아, 흡족한 듯 긴 한숨을 내쉬었다.

나는 수개월간 하루에도 세 번씩 이 과정을 목격했건만, 도무지 습관적인 일로 받아들일 수가 없었다. 오히려 나날이 이 장면이 점점 마음에 걸리고, 말릴 용기가 부족하다는 생각에 밤마다 양심이 찔렸다. 이 문제에 대해 내 의견을 밝히자고 수 없이 다짐했다. 하지만 내 동료의 냉랭하고 담담한 분위기는 자유를 간섭받아도 아랑곳하지 않겠다는 의지를 보이고 있었다. 그의 대단한 능력, 당당한 태도, 내가 경험한 예사롭지 않은 실력 등 이 모든 것들이 나를 위축시키고 셜록 홈즈와 맞서는 것을 꺼리게 만들었다.

하지만 그날 오후, 그의 행위를 유심히 지켜보다가 점심 식사에 반주로 곁들인 본 포도주 탓에 평소보다 감정이 격해졌는지 더 이상 못 봐주겠다는 느낌이 문득 들었다.

내가 물었다.

"오늘은 뭐지? 모르핀? 코카인?"

셜록은 펼쳐놓은 독일어 책에서 천천히 눈을 들며 대꾸했다.

"코카인. 7퍼센트 용액이지. 자네도 한 번 맞아보려나?"

"아니, 그건 아니야. 내 몸이 아프가니스탄 전투의 부상을 아직 못 이겨냈거든. 안 그래도 부실한 판에 부담이 더해지면 감당이 되지 않아."

내가 발끈하자 셜록이 미소 지었다. 그가 대꾸했다.

"어쩌면 자네 말이 맞네, 왓슨. 약물은 육체에 악영향을 미치겠지. 하지만 정신을 워낙 탁월하게 자극하고 명료하게 만드니, 부작용쯤이야 사소한 문제지."

"하지만 생각해봤나? 그 대가를 고려해 봐! 자네 말마따나 뇌가 깨어나고 흥분할지 모르지만, 또한 무서운 병리적인 과정에서 세포변화가 많아지고 영구적인 손상을 남길 걸세. 어떤 암담한 결과를 겪을지 자네도 아네. 분명히 득이 되는 일이 아닐세. 어째서 그저 일순간의 쾌락을 위해 자네가 가진 대단한 능력들을 잃을 모험을 감수하나? 친구뿐만 아니라, 자네의 건강에 어느 정도 책임이 있는 의사로서 하는 말임을 명심하게."

내가 열을 내며 말했다.

셜록 홈즈는 기분이 상한 것 같지 않았다. 오히려 대화가 즐거운 듯, 손을 모으고 의자 팔걸이에 팔꿈치를 기댔다.

그가 말했다.

"내 머리가 정체상태에 반발하거든. 나한테 문제를 줘보게. 할 일을 주고, 극도로 난해한 암호나 복잡하기 짝이 없는 분석거리를 주면 난 활기를 찾을 걸세. 그러면 인위적인 자극제 따위 없이도 지낼 수 있지. 하지만 심드렁한 천편일률적인 생활은 딱 질색일세. 난 정신의 고양을 갈망한다네. 나만의 독특한 직업을 선택한 것도 그 때문이지, 아니 만들었다는 게 적절한 표현이겠지. 세상에서 이 직업을 가진 사람은 내 혼자니까."

"전무후무한 비공식 수사관!"

내가 눈썹을 치뜨면서 응수했다.

그가 대답했다.

"유일한 비공식 수사 상담역이지. 나는 수사 분야에서 최고 법원, 즉 대법원인 셈이지. 그릭슨이나 레스트레이드나 애설니 존스가 도저히 갈피를 못 잡는 경우에, 하긴 맨날 그런 상태지만 그들은 내 앞에 문제를 가져오지. 나는 전문가로서 정보를 점검하고 내 견해를 통고하지. 그렇게 사건을 해결하고도 내 공로를 주장하지 않아. 신문에 내 이름은 얼씬도 안 하지. 일 자체가, 특별한 능력을 발휘할 현장을 찾는 즐거움이 내겐 최고의 보상이거든. 하지만 자네도 제퍼슨 호프 사건에서 내 수사 방식 몇 가지를 경험한 바 있잖아."

"그랬지. 살면서 그런 충격은 처음이었네. 난 그 경험을 소책자에 담아 '주홍색 연구'라는 그럴싸한 제목을 붙이기까지 했어."

내가 다정하게 말했다.

셜록 홈즈는 서글프게 고개를 저었다.

"나도 그 책을 얼핏 봤네. 솔직히 치하의 말은 못 하겠네. 추리는 엄밀한 과학, 혹은 과학이어야 하고, 똑같이 냉정하고 감정적이지 않은 태도로 대해야 하네. 자네는 낭만적인 태도를 가미하려 했고, 사랑 이야기나 도피 이야기를 유클리드의 제 5공리*에 얽어맨 것과 동일한 효과를 만들었네."

"하지만 거기에 로맨스가 있었는걸. 있는 사실을 바꿀 순 없는 노릇이었네."

내가 대들었다.

"어떤 사실들을 감추거나, 적어도 일부는 슬쩍 숨겨서 다뤄야 될 것 아닌가. 난 결과로부터 원인을 흥미롭게 분석적으로 추론하는 방식으로 사건을 성공적으로 해결했네. 바로 그게 그 사건에서 언급할 만한 유일한 대목이라네."

특별히 셜록 홈즈를 기쁘게 해주려고 기획한 일인데 이런 혹평을 들으니 짜증이 났다. 또 고백하자면 내 책이 처음부터 끝까지 그의 특출한 활약만 다루기를 요구하는 듯한 이기심이 언짢았다. 베이커 가에서 같이 살면서, 홈즈는 조용히 가르치려드

---

* 평행선은 아무리 연장해도 만나지 않는다는 정리이다.

는 태도에서 비롯된 작은 허영심을 두어 차례 부렸다. 하지만 나는 말없이 앉아서 상처 부위만 문질러댔다. 이전에 아프가니스탄에서 장총에 총상을 입었고, 못 걷는 것은 아니지만 날이 궂어질 때마다 상처 부위가 욱신댔다.

한참 후 홈즈는 낡은 브라이어 파이프*에 담배를 채우면서 말했다.

"최근 내 활동 영역은 유럽대륙까지 확장됐네. 지난주에 프랑수아 르 빌라르를 자문해주었거든. 자네도 알겠지만 빌라르는 요즘 프랑스 탐정 업계에서 두각을 나타내는 인물이지. 신기에 가까운 날카로운 직관의 소유자지만, 한 차원 높은 수사에 필수적인 폭넓은 정확한 지식은 부족하지. 유서와 관련된 사건이었는데 흥미로운 요소들이 있더군. 난 빌라르에게 유사한 사건으로 1857년 리가** 사건과 1871년 세인트루이스 사건이 있다고 조언했지. 그는 두 사건에서 확실한 해법을 찾아낼 수 있었고. 여기 오늘 아침에 그의 감사 편지가 도착했네."

홈즈가 말하면서 내게 쭈글쭈글한 외국산 편지지를 내밀었다. 힐끗 살펴보니, 드문드문 현란한 칭송, 대단한 솜씨와 수완에 대한 문구들이 눈에 들어왔다. 모두 이 프랑스 탐정의 열렬

---

* 파이프는 주로 브라이어 관목의 뿌리로 만든다.
** 라트비아의 수도이다.

한 감탄을 보여주는 표현이었다.

"스승을 대하는 제자 같은 말투군."

내가 말했다.

"하긴 그 친구가 내 도움을 엄청나게 높이 평가하긴 하지."

셜록 홈즈는 가볍게 응수하더니 말을 이었다.

"빌라르 자신이 대단한 재능의 소유자야. 이상적인 탐정에게 필수적인 세 가지 자질 중 둘을 가졌거든. 관찰력과 추리력. 딱 한 가지, 지식만 부족한데 그거야 시간이 지나면 쌓일 테고. 지금 빌라르는 내 간단한 원고들을 프랑스어로 번역 중이라네."

"자네의 원고들?"

홈즈가 웃으면서 말했다.

"오호, 몰랐나? 그렇네, 내가 논문 몇 편을 쓰는 죄를 범했지. 모두 수사 기법을 주제로 삼았지. 예를 들면 여기 '다양한 담뱃재들 구분에 관하여'란 논문이 있네. 나는 이 논문에서 140가지 형태의 시거, 담배, 파이프 담배를 유색 접시에 담은 재와 함께 일일이 열거했지. 범죄사건 재판에 지속적으로 담뱃재 문제가 대두되고, 때로 핵심 단서인 경우도 있지. 예를 들어 인도산 독한 궐련을 피우는 사내가 살인을 저질렀다면, 수사 범위가 확실히 좁혀진다고 단언할 수 있겠지. 숙련자의 눈에는 트리치노폴리*의 검은 재와 살담배**의 솜털 같은 하얀 재가 양배추와 감자처럼 확실히 구분되거든."

"자네는 세밀한 부분에 유독 뛰어난 천재성을 가졌지."

내가 말했다.

"세밀한 것들을 중시하는 거지. 여기 내가 족적 추적에 관해 쓴 논문이 있네. 흔적 보존을 위한 소석고 사용에 대해 일부 견해를 피력했지. 또 여기 직업이 손의 형태에 미치는 영향력을 간략히 다룬 논문도 있네. 석공, 선원, 코르크 깎는 노동자, 식자공, 직조공, 다이아몬드 연마공의 손 그림이 논문에 들어 있네. 이것은 과학적인 탐정에게 대단히 실질적인 도움이 되는 문제라네. 시신의 가족이 나타나지 않거나 범인들의 전례들을 찾아야 되는 사건의 경우에 특히 유용하지. 그런데 내 취미 얘기에 자네가 지루하겠군."

"전혀 그렇지 않아. 나한테도 더할 나위 없이 흥미로운 일이라네. 자네가 이런 지식을 실제로 수사에 적용하는 걸 볼 기회를 얻은 이후로는 특히 그렇다네. 한데 방금 자네는 관찰과 추리에 대해 말했네. 분명히 관찰이 추리에 어느 정도는 포함되겠지."

"아니, 그렇지 않네."

홈즈가 대답하면서 안락의자에 느긋하게 등을 기댔다. 그가

---

* 필터가 없는 인도산 궐련이다.

** 담뱃잎을 썬 것. 각련이라고도 한다.

뿌연 파란 연기를 뿜으면서 말을 이었다.

"예컨대 관찰은 오늘 오전, 자네가 위그모어 가의 우체국에 다녀왔다는 것을 내게 가르쳐주지. 하지만 추리는 자네가 거기 가서 전보를 보냈다는 것을 알게 해준다네."

"그래. 두 가지 다 알겠네! 하지만 솔직히 말하자면 자네가 어떻게 그 결론에 이르렀는지 모르겠군. 불쑥 충동이 일어서 전보를 보냈고, 아무에게도 그 말을 하지 않았는데."

내가 말했다.

내가 놀라자 셜록은 킬킬대면서 대꾸했다.

"그거야 아주 간단하지. 워낙 간단해서 무슨 설명이 필요할 까 싶네. 하지만 관찰과 추리의 한계를 규정해보는 것도 도움 이 될 것 같군. 관찰은 나에게 자네의 구두 앞부분에 불그스름 한 흙이 묻었다고 말하지. 위그모어 가의 우체국 건너 도로에 서 포장 공사가 시작되었지. 흙을 일부 퍼내서 보행자들이 흙 더미를 밟지 않고는 지날 수 없는 상태지. 내가 알기에 주변 어 디에도 이 독특한 붉은 흙은 없네. 그 정도가 관찰이네. 나머지 는 추리고."

"그러면 전보는 어떻게 추리한 건가?"

"아이고, 아침 내내 마주앉아 있었으니 자네가 편지를 쓰지 않았다는 걸 당연히 알았지. 또 저기 자네 책상에 우표와 두툼 한 엽서 묶음이 있는 걸 알고 있어. 그러니 전보를 보낼 요량이 아니면 자네가 우체국에 뭐 하러 가겠나? 다른 요소들을 모두 제하고 남는 한 가지가 틀림없이 진실인 거지."

내가 잠시 생각에 잠겼다가 대답했다.

"이 경우는 그런 게 확실하네. 하지만 자네는 아주 간단한 문제라고 말했지. 그러니 더 복잡한 문제에 자네 이론을 적용시켜보라고 요구하면 결례일까?"

"그 반대일세. 덕분에 두 번째 코카인 투약을 면하겠군. 뭐든 자네가 내는 문제를 흔쾌히 풀겠네."

"자네가 이런 말을 하는 걸 들은 적이 있네. 사람이 어떤 물건을 일상적으로 사용하면 개성을 남기기 마련이고, 숙련된 관찰자는 그것을 알아본다고 했지. 이제 여기 최근 내 수중에 들어온 회중시계가 있네. 이전 주인의 성격이나 습관에 대한 의견을 피력하는 친절을 베풀어주려나?"

난 살짝 흥이 나서 홈즈에게 시계를 건넸다. 맞힐 수 없는 테스트라는 게 내 생각이었고, 종종 그가 보이는 독단적인 태도에 경각심을 주고 싶었다. 홈즈는 손바닥에 시계를 올려놓고 시계판을 빤히 보더니, 뒷면을 열어서 구조를 살폈다. 먼저 육안으로 본 다음, 배율이 높은 볼록렌즈로 들여다보았다. 그의 풀죽은 얼굴을 보자 난 싱긋 웃지 않을 수 없었다. 마침내 그는 케이스를 닫고 시계를 내게 돌려주었다.

셜록 홈즈가 말했다.

"정보가 거의 없어서 말이지. 최근에 시계를 세척해서, 가장 힌트가 될 만한 사실들이 지워졌네."

"자네 말이 맞아. 세척된 후에 나한테 보내졌거든."

내가 대답했다.

난 그가 문제를 푸는 데 실패해놓고 가당찮은 시시한 이유나 둘러댄다고 속으로 비난했다. 세척하지 않았어도 시계에 무슨 정보가 있을까?

홈즈는 멍한 눈빛으로 꿈꾸듯 천장을 올려다보면서 말했다.

"성에 차지 않지만 내 조사 결과가 완전히 허탕은 아니지. 맞는 말인지 한 번 봐주게. 내가 판단하기에 시계 주인은 자네 형이었고, 그는 그 시계를 부친에게 상속받았지."

"그거야 뒷면의 H.W.라는 각인 때문에 알았을 테고."

"바로 그렇다네. W는 자네 성을 의미하겠지. 시계 제조일이 50년 전이고, 이름 머리글자는 시계만큼 오래 전에 새겨졌겠지. 그렇다면 지난 세대를 위해 제작된 시계일 테고. 흔히 귀중품은 장남이 물려받고, 장남은 아버지와 이름이 같은 게 다반사니까. 내 기억이 맞는다면 자네 부친은 여러 해 전에 작고하셨지. 따라서 이 시계는 자네 맏형의 수중에 있었네."

"지금까지는 맞네. 다른 점은?"

내가 말했다.

"자네 형은 칠칠맞지 못한 습관을 가진 양반이었지. 무척 칠칠맞지 못하고 조심성이 없었네. 그는 전도유망했지만 기회들을 내던졌고, 한동안 궁핍하게 살았지. 드문드문 돈이 들어오기도 했지만, 결국 술에 빠져서 세상을 떠났네. 이게 내가 추측할 수 있는 전부네."

나는 의자에서 벌떡 일어나, 조바심을 내며 방 안을 서성댔다. 울컥한 심정이었다.

내가 말했다.

"자네 정말 몹쓸 사람이구만, 홈즈. 자네가 이 정도로 전락할 줄은 꿈에도 몰랐네. 내 불행한 형의 인생사를 사전에 조사해 두고, 지금 멋들어지게 추리한 척 하는군. 설마 낡은 시계를 보고 이 모든 걸 읽어냈다고 믿으란 얘긴 아니겠지! 괘씸해서 원. 간단히 말하면 야바위꾼이나 하는 짓일세."

"이보게, 닥터, 내 사과를 받아주게. 추상적인 관점에서 문제를 보느라 자네에게 얼마나 개인적이고 가슴 아픈 일인지 잊었네. 하지만 분명히 말해야겠네. 이 시계를 받을 때까지 난 자네에게 형이 있는 지도 몰랐네."

"그러면 도대체 어떻게 이런 사실들을 알았지? 세세한 부분까지 일일이 정확한데 말일세."

"아, 그건 운이 따라서지. 난 그저 가능성들을 가늠해봤을 뿐이네. 그렇게 정확하리란 기대는 눈곱만치도 안 했는데."

"하지만 단순히 짐작만은 아니겠지?"

"그럼, 그렇지. 난 짐작하지 않네. 짐작은 충격적인 습관일세. 논리적인 능력에는 해롭지. 자네가 보기에 이상한 것은, 내 사고과정을 따르지 않아서야. 아니면 중요한 추론을 이끌어낼 소소한 사실들을 관찰하지 않았기 때문에 이상해 보이는 거지. 난 자네 형이 조심성 없다는 것으로 얘기를 시작했네. 시계 케이스의 하단을 관찰하면 두 곳이 움푹할 뿐 아니라, 동전이나 열쇠 같은 단단한 물건과 함께 주머니에 넣어서 시계 전체에 깎인 자국과 흠집이 있네. 50기니*짜리 시계를 그렇게 다룬다

---

* 17세기 중반부터 19세기 초반까지 영국에서 쓰인 금화이다.

면 틀림없이 부주의한 사람이라고 추측하는 거야 별로 대단하지 않지. 또 그런 귀금속을 상속받을 정도면, 다른 것들도 꽤 많이 물려받았으리란 것도 너무 멀리 나간 추측은 아니지."

나는 고개를 끄덕여 그의 설명이 이해된다고 내색했다.

"잉글랜드에서 전당포 주인들은 담보물로 회중시계가 들어오면, 케이스 안쪽에 바늘 끝으로 전당표 번호를 긁는 게 흔한 관례라네. 숫자가 지워지거나 바뀔 염려가 없어서 라벨보다 편리하거든. 이 케이스 안쪽을 돋보기로 보면 표시가 네 개 이상 있잖아. 자네 형이 자주 형편이 안 좋았다고 추측할 수 있지. 두 번째로 이따금 갑자기 돈이 생겼다고 추측되네. 그게 아니라면 담보물을 되찾지 못했을 테니까. 마지막으로 열쇠구멍이 난 안쪽 번호판을 직접 살펴보게. 구멍 주변에 수천 개쯤 되는 긁힌 자국을 보라구. 열쇠가 미끄러져서 생긴 흠집이지. 맨 정신이었다면 그런 흠집을 만들었을 리 있겠나? 하지만 술꾼의 시계는 열이면 열 다 그렇게 흠집투성이라네. 밤에 시계의 태엽을 감는데 손이 떨려서 흔적을 남기는 거지. 여기서 미스터리라고 여길만한 대목이 어디 있나?"

"명약하군. 자네를 부당하게 몰아붙인 게 후회되네. 자네의 뛰어난 능력을 더 믿었어야 하는데. 현재 전문적으로 수사 중인 사건이 있는 지 물어봐도 되겠나?"

"사건이 없네. 그래서 코카인이나 맞는 거지. 난 뇌를 쓰지 않고는 살 수가 없거든. 그것 아니면 살 이유가 뭐가 있겠나? 여기 창가에 서 보게. 이렇게도 칙칙하고 우울하고, 쓸모없는 세상이었던가? 누런 안개가 거리를 휘감으며 누런 집들을 스치는 걸 봐. 그 무엇이 이보다 절망적으로 지루하고 세속적일 수 있을까? 이보게, 능력을 발휘할 현장이 없으면 능력을 가진들 무슨 소용이 있나? 범죄도 진부하고 존재도 진부하고, 진부함을 빼면 어떤 특징도 이 세상에서 기운을 쓰지 못 한다네."

이 장광설에 대구하려고 말문을 여는 순간, 날렵한 노크 소리가 나더니 하숙집 여주인이 쟁반을 들고 들어왔다. 황동 쟁반에 명함이 놓여 있었다.

"젊은 숙녀분이 찾아 왔다우."

허드슨 부인이 셜록 홈즈에게 말했다.

그가 말했다.

"메리 모르스탄. 흠! 그런 이름은 기억에 없는데. 젊은 숙녀에게 올라오라고 하십시오, 허드슨 부인. 왓슨 자네는 나가지 말게. 자네가 남아 있는 편이 더 좋겠네."

2. 사건 진술

모르스탄 양은 단호한 걸음걸이와 겉보기에는 침착한 태도로 방으로 들어왔다. 자그마하고 얌전한 자태의 금발 아가씨였다. 꼭 맞는 장갑에서 고매한 취향이 드러나고 있었다. 하지만 밋밋하고 간소한 옷차림은 그리 넉넉지 않은 형편을 말해주었다. 회색이 도는 베이지색 드레스는 아무 장식도 없이 단순했고, 똑같이 칙칙한 색감의 두건은 그나마 옆에 달린 흰 깃털이 분위기를 살리고 있었다. 수려한 이목구비도, 고운 안색도 아니었지만, 표정이 상냥하고 친근한데다 큰 파란 눈에 독특한 영감과 호의가 담겨 있었다. 3개 대륙의 여러 나라에서 여인들을 경험한 나였지만, 이렇게 세련되고 감성이 확실히 우러나는 얼굴은 처음 보았다. 그녀가 홈즈가 권하는 의자에 앉을 때, 나는 그녀의 입가에 경련이 일고 손이 떨리는 것을 눈여겨보지 않을 수가 없었다. 모르스탄 양은 속으로 무척 불안해하는 모든 징후를 보였다.

모르스탄 양이 말했다.

"홈즈 씨께서 제 고용주인 세실 포레스터의 복잡한 가정사를 해결해주셨다고 해서 이렇게 찾아왔습니다. 포레스터 부인이 선생님의 친절과 수완에 깊이 감동받으셨지요."

셜록 홈즈가 생각에 잠겨서 중얼댔다.

"세실 포레스터 부인이라. 내가 약간의 도움이 되었을 겁니다. 하지만 기억하기로는 아주 간단한 문제였지요."

"부인은 그렇게 생각하지 않으세요. 그런데 적어도 제 문제는 그렇게 말하지 못 하실 겁니다. 지금 제가 처한 상황처럼 이상하고 도무지 설명되지 않는 일은 도저히 상상이 되지 않거든요."

홈즈는 양손을 비비면서 눈을 반짝였다. 그가 의자에 앉은 채 몸을 당겼고, 윤곽이 뚜렷한 매 같은 얼굴에 유난히 몰입하는 표정이 떠올랐다.

"사건을 진술해보시지요."

그가 민활한 사무적인 말투로 말했다.

내 입장이 어정쩡하게 느껴졌다.

"그렇게 하시지요, 저는 실례하겠습니다."

내가 의자에서 일어나면서 말했다.

모르스탄 양이 말했다.

"친구께서 그대로 계시는 친절을 베푸신다면, 제게는 가늠할 수 없이 큰 도움이 될 겁니다."

나는 도로 의자에 앉았다.

그녀가 말을 이었다.

"간략히 말씀드리면 사실은 이렇습니다. 제 아버지는 인도에 주둔한 부대 소속 장교였는데, 제가 아주 어릴 때 저를 본국으로 돌려보내셨지요. 어머니는 돌아가셨고, 잉글랜드에는 일가친척이 없었는데도 그러셨어요. 하지만 저는 에딘버러의 쾌적한 기숙학교에 입학했고, 열일곱 살이 될 때까지 거기서 지냈습니다. 1878년 당시 연대의 고참 대위였던 아버지는 12개월간 휴가를 받아서 귀국하셨지요. 런던에서 저한테 전보를 보내, 무사히 도착했으니 당장 귀경하라고 하셨어요. 주소지로 랭함 호텔을 알려주셨고요. 제가 기억하기에 아버지가 보낸 전보에는 친절과 사랑이 가득했어요. 런던에 도착해서 마차를 타고 랭함 호텔로 갔더니, 모르스탄 대위가 투숙하긴 했지만 전날 밤에 나가서 돌아오지 않았다더군요. 종일 기다렸지만 아버지의 소식은 없었습니다. 그날 밤, 호텔 지배인의 조언을 받아 경찰에 연락을 취했고, 다음 날 아침 모든 신문에 광고를 냈습니다. 수소문했지만 아무 소득도 없었어요. 그날부터 오늘까지, 불운한 아버지의 소식은 듣지 못 했습니다. 아버지는 평화와 안락을 누릴

거라는 희망을 가득 안고 귀국하셨지만 대신……."

모르스탄 양이 손을 목에 올렸고, 흐느낌에 목이 메서 말을 끊었다.

"그 날짜가?"

홈즈가 수첩을 펼치면서 물었다.

"아버지가 실종된 것은 1878년 12월 3일입니다. 거의 10년 전이죠."

"부친의 짐은?"

"호텔에 남아 있었어요. 짐에 실마리가 될 만한 것은 전혀 없었지요. 옷가지 몇 점, 책 몇 권, 안다만 제도에서 가져온 골동품이 상당히 많았어요. 아버지는 그곳에서 죄수 경비를 책임지는 장교 중 한 명이었습니다."

"런던에 그의 친구들이 있었습니까?"

"우리가 아는 사람은 딱 한 분, 숄토 소령님밖에 없어요. 같은 부대인 봄베이 보병 34연대 소속이었지요. 소령님은 얼마 전에 전역해서 어퍼노우드*에 사셨어요. 물론 그분에게도 연락해봤지만 동료 장교인 아버지가 잉글랜드에 왔다는 사실조차 모르시더군요."

"특이한 사건이군요."

---

* 런던 남동부 지역을 가리킨다.

홈즈가 말했다.

"가장 특이한 부분은 아직 말씀드리지 않았습니다. 6년 전쯤, 정확히 말하자면 1882년 5월 4일의 〈더 타임스〉지에 메리 모르스탄 양의 주소를 알려달라는 광고가 게재됐습니다. 당사자에게 득이 될 거라는 구절도 있었지요. 광고 게재자의 이름이나 주소는 없었습니다. 당시 저는 막 세실 포레스터 부인의 집에 가정교사로 들어간 참이었지요. 부인의 조언에 따라 신문에 제 주소를 알리는 광고를 냈어요. 바로 당일에 제 앞으로 작은 종이 상자가 배달되었고, 열어 보니 알이 아주 굵고 광채가 나는 진주가 들어 있더군요. 아무런 메모도 동봉되지 않았고요. 그 이후 매년 같은 날 항상 비슷한 진주 한 알이 든 작은 상자가 도착합니다. 보내는 사람에 대한 아무 단서도 없이 말이지요. 전문가에게 보이니 희귀한 종류고 무척 값나가는 진주라고 단언하더군요. 직접 보시면 굉장히 훌륭한 보석인 걸 아실 겁니다."

그녀는 말하면서 납작한 상자를 열어, 진주 여섯 알을 내게 보여주었다. 그런 고급 진주를 보는 것은 생전 처음이었다.

셜록 홈즈가 말했다.

"비할 데 없이 흥미로운 진술입니다. 그 외에 다른 일이 벌어졌습니까?"

"네, 그것도 바로 오늘이요. 제가 탐정님을 찾아오게 된 것도 그 때문입니다. 오늘 아침에 이 편지를 받았는데, 직접 읽어보시는 게 좋겠지요."

"감사합니다. 봉투도 주시지요. 소인이 '런던, S.W. 7월 7일'
로 찍혀 있군요. 한 묶음에 6펜스짜리 봉투이고. 이런 편지지를
쓰다니 독특한 사람이군요. 발신자 주소도 없고."

오늘 밤 7시, '리시움 극장' 바깥 왼쪽의 세 번째 기둥에 있으
시오. 못 미더우면 친구 두 명과 동행하시오. 부당한 대우를
당한 여인이니 정당하게 보답해드리겠소. 경찰은 데려오지
마시오. 경찰을 데려오면 모든 게 어그러집니다.

　　　　　　　　　　　　　　　　　　당신은 모르는 친구가

"흠, 이거 정말 그럴듯한 미스터리군! 어떻게 할 작정입니
까? 모르스탄 양."

"바로 제가 홈즈 씨께 묻고 싶은 질문이네요."

"그렇다면 우리가 당연히 가봐야지요. 모르스탄 양과 나, 그
렇지. 닥터 왓슨이 적임자입니다. 편지를 보낸 사람은 친구 두
명이라고 했지요. 이 친구와 나는 이전에도 함께 일한 적이 있
습니다."

"하지만 이 분이 가려고 하실까요?"

그녀의 말투와 표정에서 간절함이 묻어났다.

"제가 어떤 도움이라도 드릴 수 있다면 자랑스럽고 행복할

겁니다."

내가 적극적으로 말했다.

모르스탄 양이 말했다.

"두 분 다 참 친절하시네요. 저는 은둔해서 살다시피 해서 부탁할 만한 친구가 없거든요. 제가 6시에 이리로 오면 될까요?"

홈즈가 대답했다.

"그보다 늦으시면 안 됩니다. 그런데 짚고 넘어갈 게 하나 더 있습니다. 이 필체는 진주 상자에 적힌 주소의 필체와 똑같습니까?"

"제가 여기 가져왔습니다."

그녀가 종이상자 대여섯 개를 꺼내면서 대답했다.

"모범적인 의뢰인이시군요. 정확한 직관을 가진 분이에요. 어디 살펴봅시다."

그는 탁자에 종이들을 펼쳐놓고, 하나씩 골똘히 바라보았다. 얼마 안 되어 홈즈가 말했다.

"편지를 제외하면 다 위조한 필체입니다. 그런데 누가 썼는지는 의문의 여지가 있을 수가 없군요. 그리스문자 e가 얼마나 힘차게 치고 나갔는지 보십시오. 또 굴곡진 마지막 s를 보세요. 물을 것도 없이 동일인의 필체입니다. 헛된 희망을 드리고 싶진 않지만, 모르스탄 양, 이 필체와 부친의 필체 사이에 유사한 점이 있습니까?"

"달라도 이렇게 다를 순 없습니다."

"그런 대답을 들으리라 예상했습니다. 그렇다면 6시에 찾아나서야 되겠군요. 이제 겨우 3시 반입니다. 그러면 또 봅시다."

"이따 다시 뵙겠습니다."

우리 손님은 인사하면서, 반짝이는 다정한 눈빛으로 우리를 차례로 바라보았다. 그녀는 진주 상자를 가슴에 안고 서둘러 떠났다.

나는 창가에 서서, 그녀가 바삐 거리를 내려가 뿌연 인파 속에서 회색 두건과 흰 깃털이 점이 될 때까지 지켜보았다.

"어쩌면 저렇게 매력적인 여자가 있을까?"

내가 감탄하면서 홈즈에게 몸을 돌렸다.

그는 다시 파이프에 불을 붙이고, 기대앉아 눈을 내리깔았다.

"모르스탄 양 말인가? 난 제대로 안 봤는데."

셜록이 느릿느릿 대꾸했다.

내가 외쳤다.

"정말이지 자네는 인형이나 아니면 계산기같은 사람이라네. 가끔 자네는 비인간적인 면을 보이거든."

그가 빙긋 웃었다.

셜록이 말했다.

"개성에 휘둘려 편파적인 판단을 하지 않는 게 가장 중요하지. 내게 의뢰인은 사건에서 하나의 항목, 한 가지 요소에 불과하네. 감정적인 특성들은 명료한 추론과 상극이거든. 분명히 말하는데, 내가 알던 가장 매력적인 여인은 보험금 때문에 어린 세 자녀를 독살한 죄로 교수형에 처해졌네. 또 내 지인인 가장 혐오스런 사내는 약 25만 파운드를 가난한 런던 시민들에게 내준 자선가라네."

"하지만 이 사건에서……."

"나는 예외를 두지 않지. 예외는 법칙의 오류를 입증하니까. 자네, 혹시 필체의 특성을 연구할 기회가 있었나? 이 친구의 필체는 어떤가?"

"읽기 편하고 가지런하군. 사업가의 습관과 강한 개성을 가진 사람일세."

내가 대답했다.

홈즈는 고개를 저었다.

그가 말했다.

"긴 글자들을 보라구. 다른 글자들 위로 뻗지 않았지. d가 a같기도 하고, I가 e같기도 해. 개성이 강한 사람은 늘 긴 문자를 읽기 힘들어도 잘 구분되도록 쓴다네. 이 사람이 쓴 k에는 우유부단한 일면이 있고 대문자들에는 자부심이 있네. 난 이제 나가봐야겠군. 몇 가지 참고할 게 있어. 이 책을 권하고 싶은데 지금껏 나온 책들 중 가장 뛰어난 책이라네. 윈우드 리드*의 '인간의 순교'라는 책이지. 한 시간 후에 돌아오겠네."

나는 책을 손에 들고 창가에 앉았지만, 딴 생각이 나서 필자의 대담한 주장이 눈에 들어오지 않았다. 방금 다녀간 손님이 마음에 떠올랐다. 그녀의 미소, 깊고 낭랑한 음색, 인생을 뒤집은 듯한 묘한 미스터리. 부친이 실종됐을 때 열일곱 살이었다면 현재 스물일곱 살일 터였다. 어릴 때의 부끄럼이 사라지고 경험이 쌓여 침착해지는 좋은 나이였다. 그렇게 앉아 공상에 잠겼다가, 너무도 위험한 생각이 떠올라서 책상으로 달려가 최근의 병리학 논문을 정신없이 넘겼다. 내가, 부실한 다리와 그보다도 더 부실한 은행 잔고를 가진 군의관 주제에 감히 그런 생각을 하다니? 그녀는 하나의 항목, 한 가지 요소에 불과했다. 내 미래가 암담하다면, 상상이라는 허깨비로 미래를 밝게 만들려고 애쓰느니 남자답게 현실을 직시하는 편이 나았다.

---

* 영국의 역사가, 탐험가, 철학자이다.

3. 해법을 찾아서

셜록 홈즈는 5시 반이 되어서야 돌아왔다. 그는 경쾌하고 활달하고 원기왕성 했다. 홈즈의 경우 이런 조증과 까닭모를 우울증에 번갈아 빠졌다.

내가 홍차를 따라주자 그가 잔을 들면서 말했다.

"이 사건에 대단한 미스터리는 없네. 여러 요소가 딱 한 가지 설명으로 귀결되는 것 같거든."

"뭐야! 벌써 사건을 해결했나?"

"아, 그렇게 말하면 너무 앞서나가는 거고. 시사적인 사실 하나를 발견했고 그게 다거든. 하지만 시사하는 바가 대단히 크다네. 아직 세부 사항들은 더 밝혀야 되지만. 〈더 타임스〉의 지난 호들을 살피다가, 어퍼노우드에 거주한 제 34 봄베이 보병

대 소속 숄토 소령이 1882년 4월 28일에 사망했다는 사실을 알아냈지."

"내가 몹시 아둔해서인지 몰라도, 그게 뭘 시사하는지 모르겠네, 홈즈."

"그래? 이거 놀랄 노자로군. 그러면 이런 식으로 보라구. 모르스탄 대위가 사라지네. 런던에서 그가 찾아갔을 만한 사람은 오로지 숄토 소령뿐이야. 숄토 소령은 그가 런던에 왔다는 말조차 못 들었다고 부인하지. 소령이 죽은 지 1주일 내에 모르스탄 대위의 딸에게 값비싼 선물이 오고, 매년 그 일이 반복되다가 결국 그녀가 부당한 대접을 받았다고 적힌 편지가 오지. 그녀가 당한 부당한 대접이 아버지를 빼앗긴 일이 아니면 또 무슨 일일 수 있을까? 또 숄토의 상속자가 이 미스터리를 알고 보상하려는 의도가 아니라면, 왜 숄토가 죽은 직후에 선물이 오기 시작했을까? 이런 요소들이 맞아떨어질 다른 추론이 있나?"

"하지만 정말 이상한 보상이군! 처리도 아주 이상하게 했고! 게다가 왜 6년 전이 아니라 하필 지금 편지를 썼을까? 또 편지는 당연한 보상을 하겠다고 말하네. 모르스탄 양이 어떤 보상을 받을 수 있을까? 그녀의 아버지가 여전히 생존했다는 추측은 너무 지나치네. 그녀의 사건에서 우리가 아는 다른 부당한 일은 없네."

셜록 홈즈가 시무룩하게 말했다.

"난점들이 있네. 난점들이 있는 건 확실하지만, 오늘 밤에 우리가 가보면 모두 해결되겠지. 이런, 여기 4륜 합승마차가 오는군. 모르스탄 양이 마차에 타고 있네. 채비가 됐나? 그러면 좀 늦었으니 내려가 보는 게 좋겠군."

나는 모자와 가장 묵직한 단장을 챙기다가, 홈즈가 서랍에서 권총을 꺼내 주머니에 넣는 것을 보았다. 그는 우리의 밤 외출이 위험해질 수 있다고 생각하는 게 확실했다.

모르스탄 양은 진한 색 망토를 걸치고 있었다. 감성적인 얼굴은 침착했지만 핏기가 없었다. 여자라면 당연히 다가올 만남이 불편하겠지만, 그녀는 완벽한 자제심을 발휘했다. 그래서 셜록 홈즈가 던지는 몇 가지 추가적인 질문에 적극적으로 답했다.

모르스탄 양이 말했다.

"숄토 소령님은 아버지의 아주 각별한 친구셨어요. 편지마다 소령님 이야기가 잔뜩 적혀 있었지요. 두 분은 안다만 제도에서 부대들을 지휘하며 오랫동안 같이 지냈지요. 그런데 아버지의 책상에서 아무도 납득할 수 없었던 이상한 문서가 발견되었어요. 전혀 중요하지 않을 거라 짐작되지만, 홈즈 씨께서 보고 싶으실 것 같아 가져왔어요. 여기 있습니다."

홈즈는 조심스럽게 종이를 펼쳐서 무릎에 대고 문질렀다. 그런 다음 돋보기로 능숙하게 문건을 살폈다.

그가 말했다.

"이건 인도 현지 제조사의 종이입니다. 어느 시점에서 게시판에 핀으로 꽂혀 있었군요. 종이에 그려진 그림은, 여러 개의 홀과 복도와 통로가 있는 큰 건물의 설계도면의 일부로 보입니다. 빨간 잉크로 작은 십자가가 한 군데 그려져 있고, 그 위에 '좌측에서 3,37'이라고 쓴 희미한 연필 자국이 있습니다. 좌측 구석에는 나란히 네 개의 십자가가 잇닿은 것 같은 오묘한 상형문자가 있군요. 상당히 거친 조악한 필체로 이렇게 적혀 있네요.

네 개의 서명 – 조나선 스몰, 마호멧 싱, 압둘라 칸, 도스트 아크바르

그렇습니다, 고백컨대 이게 사건과 어떻게 연관되는지 모르겠군요. 하지만 이건 분명히 아주 중요한 문건입니다. 양면이 깨끗한 걸 보니 수첩에 고이 끼워서 보관되었군요."

"저희가 발견한 아버지의 수첩에 들어 있었어요."

"그렇다면 잘 간수하십시오, 모르스탄 양. 우리에게 쓸모 있는 문건으로 밝혀질지도 모르니까요. 처음에 예상한 것보다 훨씬 더 깊고 미묘한 사건으로 밝혀질 것 같은 예감이 들기 시작합니다. 생각들을 다시 간추려봐야 되겠습니다."

셜록은 마차 좌석에 등을 기댔고, 찌푸린 미간과 흐리멍덩한

눈빛으로 볼 때 골똘히 생각 중임을 눈치챌 수 있었다. 모르스탄 양과 나는 약속장소에 나가는 것과 어떤 결과가 나올 수 있는지에 대해 낮은 목소리로 대화했다. 하지만 우리 동행인은 목적지에 도착할 때까지 알 수 없는 침묵을 지켰다.

9월 저녁이었고 아직 7시가 안 됐지만, 날씨가 궂고 이슬비를 뿌리는 짙은 안개가 런던에 낮게 깔렸다. 흙빛 구름이 진흙탕 뒤범벅인 도로 위에 처량하게 끼었다. 스트랜드*에 늘어선 가로등의 불빛은 뿌옇게 번진 반점처럼 보였다. 미끄러운 도로에 둥근 불빛이 희미하게 떨어졌다. 상점 진열장들에서 노란 불빛이 습한 허공에 쏟아지자 붐비는 도로에서 탁한 빛이 너울댔다. 길쭉한 불빛이 끝없이 지나는 슬픈 얼굴, 희색이 도는 얼굴, 초췌한 얼굴, 즐거운 얼굴들을 비추자, 오싹한 유령 비슷한 게 머리에 떠올랐다. 모든 인류처럼 그들은 어둠에서 빛으로, 다시 한 번 어둠 속으로 휙휙 스쳤다. 난 인상에 좌우되는 사람은 아니지만, 음울하고 무거운 저녁과 우리가 빠져든 미심쩍은 사건이 합해져서 초조하고 심란했다. 모르스탄 양의 태도로 볼 때 똑같은 감정에 시달리는 걸 알 수 있었다. 홈즈만이 하찮은 영향에서 벗어날 수 있었다. 그는 무릎 위에 수첩을 펼쳐놓고, 손전등 불빛으로 숫자와 메모를 적었다.

---

* 런던 중심부의 대로를 말한다.

벌써 리시움 극장의 옆문으로 관객들이 밀려들었다. 2륜 마차들과 4륜 마차들이 덜거덕대면서 다가와, 셔츠 앞판이 보이는 신사들과 숄을 두르고 다이아몬드로 치장한 여인들을 내려놓았다. 우리가 약속 장소인 세 번째 기둥에 다가가기도 전에, 마부 차림의 왜소하고 가무잡잡한 사내가 말을 걸었다.

"모르스탄 양 일행입니까?"

무뚝뚝한 사내가 물었다.

모르스탄 양이 대답했다.

"내가 모르스탄이고, 두 신사는 친구들이에요."

마부는 우리를 몹시 날카롭고 의심스럽게 쳐다보았다.

그가 노골적으로 퉁명스럽게 말했다.

"양해해주십시오, 아가씨. 동행한 두 분이 경찰이 아니라고 분명히 말해주시기 바랍니다."

"그렇다고 분명히 말하지요."

그녀가 대답했다.

마부가 날카로운 휘파람을 불자, 부랑아가 4륜 마차를 끌고 와서 문을 열었다. 사내가 마부석에 오르는 사이 우리는 승객 칸에 올랐다. 우리가 자리를 잡을 새도 없이 마부는 말에게 채찍을 휘둘렀고, 마차는 안개 자욱한 거리를 정신없이 내달렸다.

묘연한 상황이었다. 우린 미지의 일로 미지의 장소로 가고 있었다. 물론 이것은 어처구니없는 가정이었지만 우리가 받은 초대는 짓궂은 장난이거나 혹은 중요한 용건이 있는 행차 둘 중의 하나는 분명했다. 모르스탄 양의 태도는 여느 때처럼 단호하고 단아했다. 나는 아프가니스탄에서 겪은 이상한 일들을 떠벌려서 그녀를 재미있고 기운 나게 해주려고 노력했다. 하지만 솔직히 말하면 이 상황이 너무 흥분되고, 지금 가는 곳이 너무나 궁금해서 두서없이 말이 튀어나왔다. 오늘날까지도 그녀는 내가 아주 감동적인 일화를 들려주었다고 말한다. 칠흑 같은 오밤중에 막사에 머스킷 총이 쑥 들어오자, 내가 쌍발 새끼 호랑이로 그걸 쏴버렸다고 말했다나. 처음에는 어디를 지나는지 알았지만 곧 정신없는 속도와 짙은 안개에다 런던 지리를 잘 몰랐기에 그만 방향감각을 잃고 말았다. 그래서 아주 먼 길을 간다는 추측 외에는 오리무중이었다. 하지만 셜록 홈즈는 흔들림이 없었고, 마차가 지나는 광장들과 통과하는 구불구불한 도로들의 이름을 다 말했다.

"로체스터 로우. 이제 빈센트 스퀘어. 지금 우리는 복스홀 브리지 로드로 접어들고 있군. 서리*로 가는 게 분명해. 그래, 그럴 줄 알았지. 지금 우린 다리 위에 있어. 강물이 얼핏 보일 거야."

　실제로 표표히 흐르는 템스 강이 눈에 들어왔다. 가로등 불빛이 넓은 고요한　수면을 비추었다. 하지만 곧 마차는 다리를 건너 미로 같은 거리들에 들어갔다가 빠져 나왔다.

　셜록 홈즈가 말했다.

　"워즈워스 로드. 프라이어리 로드. 라크 홀 레인. 스톡웰 플레이스. 로버트 스트리트. 콜드 하버 레인. 우리를 데려가는 곳이 그리 부촌은 아닌 것 같군."

　정말로 마차는 미심쩍고 험한 동네로 접어들었다. 칙칙한 벽돌집들이 길게 늘어서 있고, 모퉁이의 선술집들만 거칠고 요란한 불빛을 내뱉었다. 그러더니 작은 정원이 딸린 2층 집들이 줄줄이 나타났고, 다시 눈에 띄는 새 벽돌집들이 끝없이 이어졌다. 거대한 도시가 괴물의 척수를 변두리에 내던진 것 같았다. 마침내 마차가 새 테라스 주택가의 세 번째 집 앞에 섰다. 다른 집들은 사람이 살지 않았고, 우리가 멈춘 집도 이웃들처럼 컴컴했다. 부엌 유리창으로 보이는 불빛 하나만 보일 뿐이었다. 하지만 우리가 노크하기 무섭게 현관문이 벌컥 열리고 인도인 하인이 나왔다. 노란 터번을 두르고 헐렁한 흰 옷에 노란 끈을

* 런던 인근의 작은 도시이다.

맨 차림이었다. 변두리 삼류 주택의 평범한 문간에 동양인이 서 있는 장면은 묘하게 어울리지 않았다.

"사힙**께서 기다리십니다."

그가 말하는 사이 안쪽에서 날카로운 고음의 목소리가 들렸다.

"내게 모시고 오거라, 키드머트가르.*** 곧장 이리로 모시고 와."

** 과거 인도에서 신분 높은 유럽인 남자를 부르던 호칭이다.
*** 인도에서 식탁 시중을 드는 남자 하인을 말한다.

4. 대머리 사내의 사연

　우리는 인도인을 따라 너저분하고 평범한 통로를 걸었다. 어두컴컴하고 조악하게 꾸민 복도를 지나니 오른쪽으로 문이 나타났고, 인도인 하인은 문을 활짝 열었다. 노란 불빛이 우리에게 쏟아졌고, 환한 불빛 가운데 자그마한 사내가 서 있었다. 훤히 드러난 이마, 머리통의 가장자리에 난 빨간 머리. 그 위로 번쩍이는 대머리가 전나무들 위로 솟은 산봉우리 같았다. 사내는 양손을 비틀며 서 있었고, 표정이 쉴 새 없이 변했다. 미소를 짓는가 하면 얼굴을 찡그렸고 한시도 가만있지 않았다. 그의 입매가 축 늘어지자 비뚤비뚤한 누런 이가 드러났다. 그는 계속 손으로 턱을 만져 입매를 가리려고 애썼다. 눈에 거슬리는 대머리였지만 젊은 인상을 풍겼다. 사실 막 서른 살을 넘긴 청년이었다.

"인사드립니다, 모르스탄 양."

그는 가는 고음으로 반복해서 말했다.

"인사드립니다, 신사 분들. 작은 내실로 드시지요. 작은 방이지만 제 취향에 맞춰 꾸몄답니다, 아가씨. 아우성치는 남 런던이라는 사막 한가운데 오아시스라고나 할까요."

그를 따라 들어간 방의 모습에 다들 깜짝 놀랐다. 최상품 다이아몬드를 놋쇠로 세팅한 장신구처럼, 이런 누추한 집에 어울리지 않는 풍경이었다. 벽마다 눈부신 광택이 있는 최고급 커튼과 태피스트리들이 걸려 있고, 여기저기 커튼이 열린 곳에는 화려한 단상 위에 그림이나 동양 화병이 놓여 있었다. 호박색과 검정색 카펫은 어찌나 푹신하고 두툼한지, 이끼를 밟는 것처럼 발에 착착 감겼다. 바닥에 깔린 커다란 호피 두 장은 동양의 화려함을 강조했고, 구석의 돗자리에 놓인 물 담배도 마찬가지였다. 방 중앙에는 은으로 된 비둘기 형태의 등잔이 잘 보이지 않는 금색 끈에 매달려 있었다. 등잔이 타면서 공중에 옅은 향기가 퍼졌다.

왜소한 사내는 여전히 움씰대면서 미소 지었다. 그가 말했다.

"제 이름은 사디어스 숄토입니다. 아가씨는 물론 모르스탄 양이겠지요. 그러면 신사들은⋯⋯."

"이 분은 셜록 홈즈 씨, 그리고 이 분은 닥터 왓슨이세요."

"의사이신가요?"

숄토가 무척 흥분하면서 물었다. 그가 말을 이었다.

"청진기를 갖고 계신가요? 혹시 제가 부탁을…… 아니, 친절을 베풀어주시렵니까? 너그럽게 그래주신다면, 제가 심장 판막에 대해서 큰 의구심을 갖고 있거든요. 대동맥에 의지해야겠지만, 심장에 대한 선생의 고견을 높이 사겠습니다."

나는 부탁받은 대로 그의 심장 소리를 들었지만, 부적절한 기미는 발견할 수 없었다. 다만 그가 머리부터 발까지 떠는 것으로 볼 때, 두려워서 흥분한 상태로 보였다.

내가 말했다.

"정상인 것 같습니다. 불편할 이유가 없겠는데요."

숄토가 말했다.

"제 불안감을 양해해주십시오, 모르스탄 양. 저는 큰 고통에 시달리고, 오래 전부터 심장병을 의심하면서 지냈습니다. 걱정할 필요 없다는 말을 들으니 기쁘군요. 아가씨의 부친께서는 심장에 무리가는 일을 삼갔더라면 지금 살아계실 겁니다, 모르스탄 양."

난 이런 미묘한 얘기를 너무도 무심하게 지껄이는 그에게 화가 나서 뺨을 후려갈기고 싶었다. 모르스탄 양은 가만히 앉아있었지만, 얼굴이 입술까지 하얗게 질렸다.

"저는 아버지가 돌아가셨다는 것을 직감했습니다."

그녀가 말했다.

"제가 모든 사실을 알려드릴 수 있습니다. 더욱이 잘못을 바로 잡을 수도 있고, 바르돌로뮤 형이 뭐라고 하던 간에 그렇게 해드릴 겁니다. 친구 분들이 당신 보호자로만 아니라 제 말과 행동의 증인으로 여기 계셔서 정말 다행입니다. 우리 셋이서 바르돌로뮤 형과 대담하게 정면으로 맞설 수 있습니다. 하지만 외부인들은 끼어들게 하지 맙시다. 경찰이나 관료는 안 됩니다. 어떤 간섭도 없이 우리끼리 만족스럽게 모든 일을 처리하면 됩니다. 세상에 알려지는 것이야말로 바르돌로뮤 형이 가장 질색할 일입니다."

그는 낮고 긴 의자에 앉아서, 힘없는 촉촉한 파란 눈을 깜빡이며 우리에게 대답을 요구했다.

홈즈가 나섰다.

"내 경우에는 당신이 무슨 말을 하던 간에 발설하지 않겠소."

나도 동의의 뜻으로 고개를 끄덕였다.

숄토가 말했다.

"잘 됐군요! 잘 됐습니다! 키안티 한 잔 드시겠습니까, 모르스탄 양? 아니면 토케이 포도주로 하시겠습니까? 다른 포도주는 없습니다. 병을 딸까요? 아니라고요? 그럼 담배를 피워도 꺼리지 않으시리라 믿습니다. 동양의 담배는 발삼향이 나거든요. 제가 좀 초조한데, 물담배를 피우면 무척 진정이 됩니다."

그가 담배를 넣는 볼에다 밀랍 심지로 불을 붙이자, 장미수에서 연기가 몽글몽글 피어났다. 우리 셋은 반원형으로 앉아서 머리를 내밀고 턱을 손으로 받쳤다. 그 사이 움쩔대는 낯선 청년은 가운데 앉아, 번쩍이는 대머리를 들고 초조하게 연기를 내뿜었다.

그가 말했다.

"처음 이렇게 만나기로 작정했을 때, 제 주소를 알려드릴 수도 있었습니다. 하지만 아가씨가 제 요청을 무시하고 불쾌한 자들을 데려올까 두려웠습니다. 그래서 재량을 이용해서, 수하인 윌리엄스가 먼저 당신을 만날 수 있도록 약속을 잡았던 겁니다. 저는 그 친구의 판단력을 전적으로 신뢰하기에, 일말의 미심쩍은 부분이라도 있으면 만남을 더 진척시키지 말라고 지시했습니다. 이런 예비 조치들을 양해해주시기 바랍니다. 하지만 저는 소극적이고, 심지어 세련되고 고상하다고 할 만한 사람이지만, 경찰은 상스럽기 짝이 없으니까요. 저는 태생이 뭐든 흉물스럽고 물질주의적인 것을 보면 움츠려 듭니다. 거친 군중과는 접촉하지 않지요. 보시다시피 우아한 분위기에 휩싸여서 삽니다. 스스로 미술 후원자라고 부르고 싶습니다. 미술에 탐닉하지요. 저 풍경화는 코로*의 진품이고, 감정가가 저 살바토르

---

* 장 밥티스트 카미유 코로. 19세기 프랑스 화가이다.

로사**는 의심할지언정 부그로***에 대해서는 눈곱만치도 의심할 수 없을 겁니다. 저는 근대 프랑스파를 유독 좋아합니다."

모르스탄 양이 말했다.

"양해해주세요, 솔토 씨. 당신의 요청을 받고 이곳에 온 것은, 하시고 싶은 말이 뭔지 알고 싶어서입니다. 아주 늦은 시간이니, 면담이 최대한 빨리 끝나면 좋겠네요."

그가 대답했다.

"아무래도 시간이 좀 걸릴 겁니다. 우리가 노우드에 가서 바르돌로뮤 형을 만나야 되니까요. 가서 바르돌로뮤 형을 제압할 수 있는지 시험해볼 겁니다. 제가 합당해 보이는 절차를 선택한다는 것 때문에 그가 무척 화가 났습니다. 지난밤에 형과 한바탕 씨름을 했지요. 그가 화나면 얼마나 무시무시한지 상상도 못하실 겁니다."

"우리가 노우드에 가야 된다면 당장 출발하는 게 좋겠소."

내가 과감하게 나서서 말했다.

솔토는 귀가 빨개지도록 깔깔대며 외쳤다.

"그건 곤란할 겁니다. 그렇게 불쑥 여러분을 데려가면, 형이 뭐라고 할지 모르겠군요. 아닙니다, 제가 여러분에게 대비책을

** 17세기 이탈리아 풍경화가이다.

*** 윌리앙 부그로. 19세기 프랑스 화가이다.

미리 일러주고 준비를 시켜야 될 겁니다. 우선 이 이야기에서 제가 모르는 부분이 몇 군데 있다는 걸 밝혀야겠습니다. 제가 아는 범위 내에서 사실들만 여러분 앞에 펼쳐놓을 수 있습니다.

여러분도 짐작했겠지만 제 부친은 한때 인도군 소속이었던 존 숄토 소령입니다. 11년 전 퇴역해서 어퍼노우드의 폰디체리

로지에 살게 되셨지요. 부친은 인도에서 일이 잘 풀려서 상당액의 현금과 많은 귀한 골동품 수집품을 갖고 인도 하인들을 데리고 귀국하셨습니다. 이런 자산을 이용해서 주택을 구입하고 호화롭게 사셨지요. 자식은 쌍둥이 형제인 바르돌로뮤와 저, 둘뿐이었습니다.

모르스탄 대위가 실종되어 벌어진 소동을 아주 똑똑히 기억합니다. 신문에 난 세세한 기사를 읽었고, 그가 아버지와 친구라는 걸 알기에 저희는 아버지 앞에서 실종 사건에 대해 자유롭게 대화했지요. 어떤 일이 벌어졌을 수 있는지에 대해 얘기할 때 아버지도 끼어들곤 했습니다. 저희는 그의 가슴에 큰 비밀이 감추어져 있을 줄 몰랐습니다. 수많은 사람 중에 아버지만이 모르스탄의 운명을 알 거라고는 꿈에도 몰랐지요.

하지만 어떤 미스터리가, 어떤 확실한 위험이 아버지를 휘감은 걸 우린 눈치챘습니다. 그는 혼자 출타하는 걸 몹시 두려워했고, 늘 권투 챔피언 두 사람을 폰디체리 로지의 급사로 고용했습니다. 오늘 여러분을 모셔온 윌리엄스도 그 중 한 명이었습니다. 한때 잉글랜드 경량급 챔피언이었지요. 부친은 뭐가 두려운지 말해주지 않으려 했지만, 나무 의족을 한 사람들에게 유독 반감을 드러냈지요. 한 번은 나무 의족을 한 사내에게 실제로 권총을 발사했는데, 알고 보니 집집마다 다니면서 주문을 받는 얌전한 영업사원이더군요. 저희는 이 사고를 덮으려고 상당액을 써야 했지요. 우리 형제는 이 일을 아버지가 걷잡을 수 없는 감정 때문에 벌인 사고로 여겼지만, 그 후 이상한 사건들이 벌어지면서 생각이 바뀌었습니다.

1882년 초, 아버지는 인도에서 편지 한 통을 받고 엄청난 충격에 빠지셨습니다. 아침식사 자리에서 편지를 뜯고 나서 기절할 뻔 했고, 그날부터 돌아가실 때까지 앓으셨습니다. 편지 내용을 알 수 없었지만, 그가 편지를 들고 있을 때 저는 악필로 짤막하게 쓴 편지를 볼 수 있었습니다. 아버지는 몇 해째 비장 확대를 앓던 차였지만 이제 병세가 급격히 악화되었습니다. 4월 말에 접어들면서 저희는 가망이 없다는 통고를 들었고, 아버지가 마지막으로 저희를 보고 싶어 한다는 전갈을 받았습니다.

방에 들어가니 아버지는 베개에 기대앉아서 숨을 가쁘게 쉬시더군요. 저희에게 문을 잠그고 침대 양쪽에 서라고 지시하셨습니다. 그러더니 저희 둘의 손을 잡고, 통증 때문만 아니라 감정이 격해서 갈라지는 목소리로 놀라운 얘기를 하시더군요. 아버지의 말을 그대로 옮겨 보겠습니다.

'이 절체절명의 순간, 마음을 짓누르는 게 하나 있구나. 부모 잃은 가여운 모르스탄의 여식에게 내가 저지른 짓 말이다. 한평생 끝없이 따라다닌 망할 놈의 탐욕에 눈이 멀어 그 아이의 보석을 숨기고 말았다. 적어도 절반은 그 아이에게 줘야 했건만. 그런데 그것을 내가 쓰지도 못 했으니, 허욕이란 그다지도 맹목적이고 어리석은 것이구나. 그저 소유했다는 느낌이 너무 좋아서 타인과 나누는 것은 견딜 수가 없더구나. 키니네 약병 옆에 있는 진주가 박힌 관을 보거라. 그 아이에게 보낼 요량으로 만들어놓고도 그걸 내주는 것을 참을 수 없더구나. 아들들아, 너희가 그 아이에게 정당한 몫의 아그라의 보석을 주도록 해라. 하지만 내가 떠날 때까지는 아무 것도, 진주관조차 보내면 안 된다. 결국 인간들은 이제껏 이렇게 악했다가 정신을 차렸지.'

아버지는 계속 말을 이었습니다.

'모르스탄이 어떻게 죽었는지 말해주마. 그 친구는 수년째 신장병을 앓았지만 모두에게 그 사실을 숨겼지. 나 혼자만 알았다. 인도에서 모르스탄과 나는 독특한 상황으로 인해 상당히 많은 보석을 소유하게 되었지. 내가 그것을 잉글랜드로 가져왔고, 모르스탄은 이곳에 도착한 밤에 곧장 여기 와서 자기 몫을 요구했어. 그는 역에서 걸어왔고, 지금은 죽은 내 충직한 랄 차우다르가 문을 열어주었지. 모르스탄과 나는 보석의 배분을 두고 의견이 달라서 열띤 입씨름을 벌였지. 모르스탄은 화가 치밀자 의자에서 벌떡 일어나다가, 갑자기 옆구리를 손으로 누르면서 얼굴이 흙빛으로 변했어. 그러더니 벌렁 자빠지면서 보석함의 모서리에 머리를 부딪쳤지. 난 몸을 굽혀 모르스탄을 보다가 그가 죽은 걸 알고 더럭 겁을 먹었다.

오랫동안 망연자실해서 엉거주춤 앉아 어떻게 할지 고심했지. 당연히 처음 든 생각은 충동은 도와줄 사람을 부르는 거였지. 그런데 그의 살인자라는 누명을 쓸 가능성이 크다는 사실을 의식하지 않을 수 없더구나. 싸우는 와중에 그가 죽은 점과 두상에 난 깊은 상처는 내게 불리할 터였지. 또 공식적인 수사가 이루어지면 보석과 관련된 사실들이 밝혀질 수밖에 없었지. 그건 내가 비밀에 붙이려고 유독 신경을 쓰는 부분이었거든. 모르스탄은 그가 어디 가는지 아무도 모른다고 내게 말했었지. 그러니 아무에게도 알릴 필요가 없는 것 같더구나.

　여전히 이 일을 두고 고민하다가 고개를 드니, 하인인 랄 차우다르가 문간에 서 있지 뭐냐. 그가 살그머니 들어와서 문의 빗장을 걸더구나. 그가 말했어.

　'두려워 마십시오, 사힙. 주인님이 그를 죽인 것을 누구에게도 알릴 필요 없습니다. 우리가 이 자를 치우면 누가 알겠습니까?'

　'내가 죽인 게 아니야' 내가 말했다.

　'제가 다 들었습니다, 사힙. 두 분이 다투는 소리를 들었고 때리는 소리도 들었지요. 하지만 제 입을 봉하겠습니다. 집 안의 식솔들 모두 자고 있습니다. 같이 이 사람을 치우시지요.' 랄 차우다르는 고개를 저으면서 씩 웃고 이렇게 말했다.

　그 말을 듣고 난 결정할 수 있었다. 내 하인도 내 결백을 못 믿는 마당에, 배심원석에 앉은 아둔한 장사치 열두 명 앞에서 무슨 수로 좋은 결과를 기대할 수 있을까? 그날 밤 랄 차우다르와 난 시신을 치웠고, 며칠 지나자 런던의 신문마다 모르스탄 대위의 의문의 실종 사건에 대해 떠들었지. 내 말을 들었으니 이 일을 두고 날 비난할 수 없다는 걸 알 게다. 내 잘못은 시신만 아니라 보석도 숨겼고, 내 몫 외에 모르스탄의 몫까지 움켜쥐고 살았다는 거란다. 그러니 너희가 돌려주면 좋겠구나. 내 입가에 귀를 대거라. 보석을 숨긴 곳은……,'

바로 이 순간 부친의 얼굴이 소름끼치게 변하면서, 거친 눈빛으로 쏘아보며 입이 헤 벌어졌습니다. 그러더니 잊지 못할 목소리로 고함을 지르셨지요.

'놈이 못 들어오게 해라! 제발 놈이 못 들어오게 해!'

형과 저는 아버지의 시선이 쏠린 우리 뒤쪽의 창을 돌아보았습니다. 어둠 속에서 어떤 얼굴이 저희를 들여다보고 있었습니다. 수염이 덥수룩한 얼굴이었고 잔인한 거친 눈빛과 독한 악의가 배인 표정이었습니다. 저희가 창으로 달려갔지만, 사내는 사라지고 없었습니다. 다시 아버지에게 돌아오니, 머리가 떨구어지고 더 이상 맥이 뛰지 않았습니다.

그날 밤 정원을 수색했지만 침입자의 흔적은 발견되지 않았습니다. 다만 창문 바로 아래, 꽃밭에 발자국 하나만 남아 있었습니다. 만약 그 흔적이 없었다면, 그 거칠고 독한 얼굴은 저희의 상상이었다고 여겼을 겁니다. 그런데 곧 우리 주변에서 비밀리에 첩자가 활동 중이라는 더 충격적인 증거가 나왔습니다. 오전에 안방 창문이 열려 있었고, 찬장들과 상자들에 총알이 박혀 있었습니다. 서랍장 위에 '네 개의 서명'이라고 휘갈겨 쓴 종이가 붙어 있었고요. 그 글귀가 무슨 뜻인지, 비밀리에 다녀간 손님이 누구였는지 몰랐지요. 저희가 판단할 수 있는 한, 도난당한 물건은 없었습니다. 아버지의 물건이 죄다 들쑤셔지긴 했더군요. 저희는 당연히 이 특별한 사건과 아버지가 생전에 늘 시달린 두려움이 관계있다고 봤습니다. 하지만 어떤 관계인지는 도무지 모르겠습니다."

왜소한 사내는 말을 멈추더니, 물담뱃대에 다시 불을 붙이고 한참 수심에 잠겨 연기를 뿜어냈다. 다들 그의 이상한 이야기에 귀를 기울였고 골똘히 생각하는 참이었다. 모르스탄 양은 부친의 죽음에 대해 간략한 설명을 듣자 얼굴이 새하얗게 질렸고, 순간적으로 나는 그녀가 기절할까 겁났다. 하지만 내가 조용히 탁자에서 베네치아 유리병을 들어 물을 따라주자, 그녀는 물을 마시고 이내 정신을 가다듬었다. 셜록 홈즈는 몰두한 표정으로 의자에 등을 기댄 채, 반짝이는 눈을 내리깔았다. 내 동료를 힐끗 보니, 그가 진부한 인생 운운한 게 바로 이 날이었다는 생각을 할 수밖에 없었다. 그가 자신만의 명석함을 발휘해야 할 사건이 드디어 생긴 것이었다. 사디어스 숄토는 자신의 이야기가 미친 파장에 우쭐대는 듯 우리를 차례로 바라보았다. 그러더니 잔뜩 채운 담배를 쭉쭉 빨면서 이야기를 계속해나갔다.

그가 말했다.

"짐작하시겠지만 저희 형제는 아버지가 말한 보석에 대해 무척 흥분했습니다. 몇 주, 몇 달간 정원을 샅샅이 파고 쑤셨지만 보석이 감추어진 장소를 못 찾았습니다. 부친이 숨긴 장소를 막 말하려는 순간에 숨을 거둔 걸 생각하면 화가 치밀어 미칠 지경이었습니다. 아버지가 꺼내놓은 진주관을 보면 숨긴 보석이 얼마나 휘황찬란할지 가늠할 수 있었지요. 이 관을 두고 형과 저는 가벼운 입씨름을 벌였습니다. 엄청나게 귀한 진주들이라 바르돌로뮤는 그걸 내주기 꺼리더군요. 우리끼리 말이지만 형은 아버지의 못난 점을 좀 닮은 경향이 있습니다. 형 역시 진주관을 돌려주면 소문이 날 테고 결국 우리가 곤란해질 거라고 생각했지요. 저는 모르스탄 양의 주소를 알아내 일정한 간격을 두고 진주를 한 알씩 보내서, 궁핍하지 않게 살게 해주자고 겨우 설득할 수 있었습니다."

"친절한 배려를 해주셨군요. 마음 씀씀이가 정말 대단하세요."

모르스탄 양이 말했다.

숄도 씨는 말노 안 된다는 듯 손을 저었다.

그가 말했다.

"저는 저희가 재산을 신탁 받았을 뿐이라고 생각했습니다. 바르돌로뮤는 그런 관점으로 보지 않았지만요. 그게 아니어도 저희는 재산이 많았습니다. 저는 더 이상 욕심내지 않았지요. 게다가 젊은 숙녀에게 그런 푸대접을 했다면 지독한 악취미였을 겁니다. '악취미는 범죄로 이어진다'라는 프랑스 경구도 있지 않습니까. 이 경구야말로 이 상황을 아주 말끔히 정리해주지요. 이 문제를 두고 형제의 견해차가 너무 커서, 저는 따로 처소를 마련하는 게 최선이라고 봤습니다. 그래서 인도인 하인과 윌리엄스를 데리고 폰디체리 로지를 떠난 겁니다. 그런데 어제 극히 중요한 사건이 벌어진 걸 알았습니다. 보석이 발견된 겁니다. 곧장 모르스탄 양에게 연락을 취했고, 이제 노우드로 달려가서 우리 몫을 요구하는 일만 남은 겁니다. 어젯밤 제 의견을 바르돌로뮤 형에게 설명했고, 그러니 형은 환영까지는 아니어도 우리가 찾아갈 줄 알 겁니다."

사디어스 숄토는 말을 멈추고, 호화로운 긴 소파에 앉아 씰룩댔다. 우리는 조용히 앉아서, 미스터리한 일이 불러온 새로운 상황에 대해 궁리했다. 먼저 벌떡 일어난 사람은 셜록 홈즈였다.

그가 말했다.

"처음부터 마지막까지 아주 잘 했습니다, 숄토 씨. 당신에게 여전히 암흑인 부분을 조명하는 것으로 저희가 약소하나마 보답할 수 있을 겁니다. 하지만 방금 모르스탄 양이 말했듯이 지금은 늦은 시간이니, 지체 없이 사건을 해결하는 게 최선이겠군요."

우리 새 친구는 물담뱃대의 관을 아주 얌전하게 둘둘 말더니, 커튼 뒤에서 아주 긴 외투를 꺼냈다. 옷깃과 소맷부리가 아스트라한*이고, 프록 단추**가 달려 있었다. 극도로 숨 막히는 밤인데도 그는 단추를 목 끝까지 여미고, 마지막으로 귀덮개가 달린 토끼털 모자를 썼다. 결국 움직이는 뾰족한 얼굴을 빼면 온몸이 옷으로 가려졌다.

"제가 몸이 좀 부실해서요. 건강을 염려하지 않을 수 없답니다."

숄토가 앞장서 통로를 내려가면서 말했다.

우리가 탈 마차는 밖에서 대기 중이었고, 마부가 곧장 서둘러 출발한 걸 보면 미리 출타할 준비를 해둔 게 분명했다. 바퀴가 덜커덕 대는 와중에도 사디어스 숄토는 고음의 목소리로 쉴 새 없이 떠들었다.

"바르돌로뮤는 영리한 사람입니다. 그가 보물이 있는 곳을 어떻게 찾았을 것 같습니까? 그는 보석이 실내 어딘가 있을 거라고 결론짓고, 따라서 집 안의 움푹한 곳은 죄다 뒤졌습니다. 모든 곳을 측량해서 한 치 오차도 없이 살피려 했지요. 무엇보다 건물 높이가 22.2미터인 것을 알아냈지만, 모든 방들의 높

---

* 러시아 아스트라한 지역에서 나는 새끼 양의 검은색 모피이다.
** 군복 등의 실을 꼬아 만든 고리 단추를 말한다.

이와 송곳 구멍으로 확인한 층간 여분까지 고려해 다 더해도 21미터밖에 안 된다는 걸 밝혀냈습니다. 1.2미터가 설명되지 않았어요. 건물 꼭대기에 그 공간이 있을 수밖에 없었습니다. 그래서 바르돌로뮤는 윗가지로 엮어 회반죽을 바른 꼭대기 층 천장에 구멍을 냈지요. 그랬더니 그 위쪽에 다른 다락이 있었습니다. 다락이 봉인되어 아무도 몰랐던 거지요. 다락 중앙의 두 기둥 위에 보석함이 놓여 있었습니다. 바르돌로뮤가 구멍으로 보석함을 꺼내 내려놓았지요. 그는 보석의 가치를 최소 50만 파운드 이상으로 추정합니다."

어마어마한 액수를 듣자, 모두 눈이 휘둥그레져서 서로 쳐다보았다. 우리가 권리를 확보해줄 수 있다면 모르스탄 양은 궁핍한 가정교사에서 잉글랜드 최고의 상속녀로 변신할 터였다. 좋은 친구라면 이런 소식을 기뻐해야겠지만, 이런 말을 꺼내기 부끄러워서 내 생각만 하느라 가슴이 납덩이가 든 것처럼 무거워졌다. 나는 축하의 말을 몇 마디 중얼댄 후 풀이 죽어 고개를 숙이고 앉아서, 숄토 씨가 쏟아내는 말을 귓등으로 들었다. 그는 건강염려증 환자임이 분명했고, 나는 그가 주절주절 늘어놓는 징후들을 대충 알아들었다. 그는 무수한 엉터리 특효약의 성분과 효능에 대한 정보들에 대해 떠들었고, 그런 약들이 든 가죽 상자를 갖고 다녔다. 그날 밤 내가 해준 대답을 숄토는 기억 못할 게 뻔하다. 홈즈는 내가 피마자유를 두 방울 이상 섭취하면 안 된다고 경고하면서, 진정제로 다량의 스트리키닌*을 추천했다고 주장한다. 이윽고 마차가 쿨렁대면서 멈추었고, 마부가 내려서 문을 열어주자 나는 안도감이 들었다.

"모르스탄 양, 여기가 폰디체리 로지입니다."

사디어스 숄토가 그녀에게 손을 내밀면서 말했다.

---

* 마전과 식물의 씨에 함유된 맹독성 알칼로이드 중추신경 흥분제이다.

5. 폰디체리 로지의 비극

이 심야모험의 마지막 단계에 접어들었을 때는 이미 11시가 가까워진 시간이었다. 우리가 런던을 떠날 때는 축축한 안개가 자욱했는데 이제 밤이 제법 맑았다. 따뜻한 서풍이 불고, 하늘에서는 천천히 움직이는 진한 구름 틈새로 가끔 달이 얼굴을 절반가량 내밀었다. 어느 정도 보일만큼 훤했지만, 숄토는 마차의 측면 등 하나를 내려서 우리가 앞을 잘 보게 해주었다.

폰디체리 로지는 넓은 단지에 있었고, 주위를 에워싼 돌담의 꼭대기에 유리가 박혀 있었다. 집으로 들어가는 길은 좁다란 철문 하나뿐이었다. 안내자인 숄토는 집배원처럼 독특하게 문을 탕탕 두드렸다.

"거기 누구요?"

안에서 걸걸한 목소리가 들렸다.

"나야, 맥머도. 지금쯤은 내가 두드리는 소리를 알아들어야지."

투덜대는 소리와 열쇠가 덜컥대고 삐거덕대는 소리가 났다. 문이 무겁게 젖혀지더니, 상체가 다부진 키 작은 사내가 입구에 서 있었다. 노란 불빛사이로 울퉁불퉁한 얼굴과 번뜩이는 의심 많은 눈이 보였다.

"사디어스 도련님이십니까? 한데 다른 분은 누구십니까? 주인님께 저분들이 온다는 지시는 못 받았습니다만."

"지시가 없었다고? 맥머도, 참 놀랄 일이군! 어젯밤에 내가 친구들을 모셔온다고 형에게 말했는데."

"주인님께선 오늘 방에서 꼼짝하지 않으셨습니다, 도련님. 또 저는 어떠한 지시도 받지 않았고요. 제가 규칙을 지켜야 된다는 걸 잘 아실 겁니다. 도련님은 들어가실 수 있지만 친구들은 여기 계셔야 됩니다."

이것은 예상치 못한 난관이었다. 사디어스 숄토는 당황해서 어쩔 줄 몰라 주위를 두리번거렸다.

그가 말했다.

"이렇게 꽉꽉하게 굴 건가, 맥머도? 내가 이분들을 보증하면 그걸로 족하지 않은가. 아가씨도 계시는데. 이런 시간에 숙녀를 길바닥에서 기다리게 할 순 없네."

"정말 송구하네요, 도련님. 이분들이 도련님의 친구일지 몰라도 주인님의 친구는 아닌걸요. 제게 소임을 다 하라고 봉급을 넉넉히 주시는 분은 주인님이십니다. 도련님의 친구들은 제가 모르는 분들입니다."

문지기가 매몰차게 말했다.

셜록 홈즈가 온화하게 말했다.

"아, 그렇지 않소, 맥머도. 당신이 날 잊을 리가 없을 듯한데.

4년 전 알리슨의 방에서 당신과 3라운드 경기를 벌인 아마추어 선수가 기억나지 않소?"

챔피언 출신 문지기가 외쳤다.

"셜록 홈즈 씨 아니십니까? 이럴 수가! 어떻게 당신을 알아보지 못할 수 있었을까요? 그렇게 멀뚱멀뚱 서계시지 않고, 다가와서 턱 밑을 한 방 치셨으면 제가 즉시 알아봤을 텐데요. 아이고, 당신이야말로 가진 재능을 낭비하는 분이지요! 프로 선수로 입문하셨으면 높은 목표를 세웠을 만한 분인데."

홈즈가 웃으면서 말했다.

"알겠지, 왓슨. 만약 내가 모든 직종에 실패해도, 기술을 쓰는 직업 한 가지는 아직 가망성이 있다네. 이제 우리 친구가 우리를 추운 데서 떨게 두지 않을 걸세."

맥머도가 대답했다.

"들어오십시오, 들어오세요. 홈즈 씨와 친구들도요. 정말 송구합니다, 사디어스 도련님. 하지만 명령이 워낙 엄해서요. 반드시 손님을 확인한 후에야 안으로 모실 수 있거든요."

대문으로 들어가자 썰렁한 단지에 구불구불한 자갈길이 큰 저택까지 이어졌다. 사각형의 평범한 건물이 그림자에 싸였고, 한쪽 구석에만 달빛이 내려서 다락방 창문만 희미하게 빛났다. 어둑어둑하고 죽은 듯 고요한 저택은 보는 이의 심장을 얼게 했다. 사디어스 숄토까지도 마음이 불편한지 손에 든 등이 떨리고 덜거덕댔다.

그가 말했다.

"이해가 안 되는군요. 착오가 있는 게 분명합니다. 형에게 우리가 여기 올 거라고 확실히 알렸는데, 그의 방에 불이 켜있지 않군요. 이걸 어떻게 생각해야 좋을지 모르겠습니다."

"그는 집 주위를 늘 이렇게 경비합니까?"

셜록 홈즈가 물었다.

숄토가 대답했다.

"그렇습니다. 형은 부친이 하시던 그대로 따르지요. 부친은 바르돌로뮤를 총애했고, 간혹 아버지가 형에게 더 많이 말해주었을 거란 생각도 듭니다. 저기 달빛이 비치는 곳이 바르돌로뮤의 침실 창입니다. 제법 밝은데 방 안에 불이 켜지지 않은 것 같습니다."

홈즈가 말했다.

"그렇군요. 하지만 문 옆 작은 창에 반짝이는 빛 하나가 보입니다."

"아, 그건 가정부의 방입니다. 거기가 번스톤 부인의 처소입니다. 어찌된 사정인지 그녀에게 들을 수 있을 겁니다. 하지만 여기서 잠시 기다려주실 수 있겠습니까? 다 함께 몰려가면 번스톤 부인이 놀랄지 모르니까요. 그런데 쉿! 저게 뭐지요?"

숄토가 등을 위로 들었고, 손을 떠는 바람에 주변에서 둥근 불빛이 흔들리며 깜빡였다. 모르스탄 양이 내 손목을 잡았고, 다들 떨리는 심정으로 귀를 기울이며 서 있었다. 어두운 저택에서 처연하고 애달픈 비명이 적막을 뚫고 나왔다. 겁먹은 여인의 날카로운 흐느낌이 간간이 들렸다.

숄토가 밀했다.

"번스톤 부인의 목소리입니다. 집에 여자는 부인 혼자예요. 여기서 기다리십시오. 얼른 다녀오겠습니다."

그가 허둥지둥 현관문으로 가서 독특하게 두드렸다. 키 큰 노부인이 그를 맞이하는 광경이 보였다. 그녀는 사디어스를 보고 반색했다.

"아, 사디어스 도련님. 이렇게 오셔서 얼마나 다행인지요! 이렇게 오시니 정말 다행이에요, 사디어스 도련님."

우린 그녀가 거듭 반가워하는 소리를 들었고, 곧 알아듣기 힘든 낮은 목소리가 나면서 문이 닫혔다.

사디어스 숄토는 우리에게 등불을 주고 갔었다. 홈즈가 천천히 등을 돌리면서 집과 바닥에 잔뜩 쌓인 흙더미를 예리하게 살폈다. 사랑이란 놀라운 것이라서, 이날 처음 봤고 다정한 말이니 눈길조차 주고받은 적 없는 두 사람이 한 시간 동안이나 이상한 상황에 빠지자 본능적으로 서로의 손을 찾았다. 나역시도 많이 놀라웠지만, 그 순간만큼은 그녀에게 손을 내미는 게 무척 자연스러웠다. 또 그녀도 본능적으로 내게 위로와 보호를 구했다고 자주 말했다. 그래서 우리는 아이들처럼 손을 맞잡고 서 있었고, 암울한 상황에 처했음에도 마음은 평온했다.

"정말 괴상망측한 곳이죠?"

그녀가 주위를 둘러보면서 말했다.

"영국의 모든 두더지들을 여기 풀었던 것 같은 꼴이군요. 발라랫 인근 산비탈에서 땅파는 일꾼들이 작업할 때 이런 광경을 봤는데."

"같은 이유로 이런 걸세. 이것은 보석도굴범들의 흔적이지. 그들이 6년간 보석을 찾고 있다는 걸 염두에 둬야 하네. 땅바닥이 자갈 채취장처럼 변할 만도 하지."

이 순간 현관문이 벌컥 열렸고, 사디어스 숄토가 양손을 내밀며 겁먹은 눈빛으로 뛰쳐나왔다.

그가 소리쳤다.

"바르돌로뮤가 뭔가 이상합니다. 두렵습니다! 겁나서 견딜 수가 없습니다."

그는 무서워서 울다시피 했고, 큼직한 모피 옷깃 위로 솟은 파리한 얼굴은 경련을 일으켰다. 겁에 질린 아이처럼 애처로운 표정이었다.

"안으로 들어갑시다."

홈즈가 민첩하고 단호하게 말했다.

사디어스 숄토가 애원조로 대답했다.

"그러시렵니까? 제가 앞장설 만한 정신이 없어서요."

다들 그를 따라서 가정부의 방으로 갔다. 방은 복도 왼쪽에 있었다. 노부인은 겁먹은 표정으로, 손을 가만히 두지 못하고 서성댔다. 하지만 모르스탄 양을 보자 그녀는 마음이 풀어지는 모양이었다.

번스톤 부인이 불안하게 흐느끼면서 외쳤다.

"어쩜, 이렇게도 상냥하고 차분한 얼굴이네요! 그나마 아가씨 얼굴을 보니 좀 낫군요. 세상에, 오늘은 얼마나 시달린 하루였는지!"

모르스탄 양은 노부인의 앙상한 거친 손을 토닥이면서, 따뜻하고 여성스런 위로를 몇 마디 건넸다. 그러자 부인의 핏기없는 뺨에 혈색이 돌아왔다.

가정부가 말했다.

"주인님이 문을 잠그고 틀어박혀서, 제가 불러도 대답하지 않으세요. 종일 그분의 부름을 기다렸어요. 자주 혼자 있고 싶어 하시거든요. 그런데 한 시간 전에 뭔가 미심쩍어서, 가서 열쇠 구멍을 들여다봤어요. 올라가보셔야 해요, 사디어스 도련님. 가서 직접 보셔야 해요. 10년이란 긴 세월, 저는 주인님이 기뻐하고 슬퍼하는 것을 보며 살았습니다. 그런데 그런 표정을 지으시는 건 생전 처음 봤어요."

사디어스 숄토가 이를 딱딱 부딪치자, 홈즈가 등을 들고 앞장섰다. 숄토가 부들부들 떨어서 내가 겨드랑이를 부축해서 같이 계단을 올랐다. 그의 무릎이 후들거렸다. 두 층을 올라가면서 홈즈는 주머니에서 확대경을 꺼내들고 흔적들을 확인했다. 계단 카펫으로 쓰이는 코코넛 돗자리에 난 흔적들은, 내가 보기에는 그저 일정한 형태가 없는 얼룩 같았다. 홈즈는 천천히 계단을 밟으면서 등불을 아래로 내려 좌우를 예리하게 흘끔댔다. 모르스탄 양은 두려움에 떠는 가정부와 남았다.

3층 계단은 어느 정도 일직선 통로로 이어졌다. 복도 우측에는 큰 그림이 수놓인 인도산 태피스트리가 걸려 있고, 좌측으로 문이 세 개 있었다. 홈즈는 똑같이 느릿느릿 주시하면서 나아갔고, 우린 바짝 따라갔다. 기다란 검은 그림자가 복도에 드리워졌다. 세 번째 문이 우리가 찾는 방이었다. 홈즈가 노크했지만 아무 응답이 없자, 그는 손잡이를 돌려 억지로 열려고 했다. 하지만 문이 안쪽에서 잠겨 있었고, 등불을 들이대고 보니 넓고 튼튼한 빗장이 걸려 있었다. 안에서 열쇠를 돌려놓았지만 열쇠 구멍에 틈이 있었다. 셜록 홈즈는 열쇠구멍 위로 몸을 굽혔다가 얼른 숨을 들이쉬면서 허리를 폈다.

"이 안에 무시무시한 게 있네, 왓슨."

난 홈즈가 그렇게 동요하는 건 처음 봤다. 그가 말을 이었다.

"자네 판단은 어떤가?"

나는 몸을 굽히고 구멍에 눈을 댔다가 겁을 먹고 물러났다.

달빛이 방에 쏟아져 묘하게 움직이며 빛을 발했다. 내 바로 앞에, 아래쪽은 그늘이니 말하자면 허공에 얼굴이 매달려 있었다. 바로 우리 동행자인 사디어스의 얼굴이었다! 똑같이 이마가 벗겨지고 머리통이 반질반질했다. 역시 마찬가지로 둥글게 뻗은 빨간 머리와 똑같이 핏기 없는 안색이었다. 하지만 소름끼치는 미소를 짓고 있었다. 굳어버린 부자연스러운 빙긋 웃음. 잔잔한 달빛이 드는 방에서 찡그리거나 뒤틀린 표정보다 오히려 더 충격적으로 다가왔다. 자그마한 사디어스와 너무 닮아서, 난 몸을 돌려 그가 곁에 있는지 확인했다. 그러다가 형제가 쌍둥이라고 했던 기억이 떠올랐다.

"끔찍한데. 어떻게 해야 하나?"

내가 홈즈에게 물었다.

"문을 부수어야겠지."

그가 대답하더니 잠금장치 부분에 온힘을 실어 몸을 부딪쳤다.

삐걱, 삐그덕 소리가 났지만 고리가 떨어지지 않았다. 우리는 함께 다시 문을 밀쳤고, 이번에는 탁 소리를 내면서 문이 넘어갔다. 우린 바르돌로뮤 숄토의 방에 들어섰다.

방은 마치 화학실험실을 꾸민 듯했다. 문 맞은편 벽에 유리 마개를 꽂은 병들이 두 줄로 서 있고, 탁자에는 분젠 버너들, 시험관들, 증류기들이 어지럽게 놓여 있었다. 구석에는 강산액 유리병들이 담긴 등바구니가 놓여 있었다. 그 중 병 하나가 새거나 깨졌는지, 검은 액체가 병에서 똑똑 떨어졌고, 톡 쏘는 타르처럼 독한 냄새가 물씬 풍겼다. 방 한쪽에 윗가지와 석고더미가 있고 그 중간에 발 디딤대가 있었다. 그 위쪽으로 천장에 한 사람이 드나들 만큼 큰 구멍이 뚫려 있었다. 발 디딤대 아래에 밧줄더미가 아무렇게나 팽개쳐져 있었다.

탁자 옆의 나무 안락의자에는 집주인이 유령같이 오싹하게 웃으면서, 왼쪽 어깨에 머리를 기울이고 널브러져 있었다. 몸이 뻣뻣하게 식은 것으로 미루어 죽은 지 여러 시간 지난 게 확실했다. 내가 보기에 얼굴뿐 아니라 사지가 아주 괴상망측하게 꼬이고 뒤틀렸다. 탁자에 올린 손 옆에 이상한 도구가 있었다. 나뭇결이 촘촘한 갈색 막대기에 망치 모양의 돌 손잡이가 붙어 있고, 거친 삼실이 얼기설기 매여 있었다. 그 옆에 단어 몇 개를 휘갈겨 쓴 찢어진 종이가 있었다. 홈즈는 쪽지를 힐긋 보더니 내게 건네주었다.

"자네가 보게."

그는 눈썹을 눈에 띄게 치뜨면서 말했다.

등잔 불빛으로 쪽지를 읽으니 등골이 오싹했다.

네 개의 서명

"도대체 이게 무슨 뜻이지?" 내가 물었다.

홈즈가 시신 위로 몸을 굽히면서 대꾸했다.

"살해를 의미하지. 그래! 내 이럴 줄 알았지. 여기 보이나?"

그가 귀 바로 위쪽에 꽂힌, 검은 긴 가시처럼 생긴 것을 가리 켰다.

"가시처럼 보이는데." 내가 말했다.

"가시일세. 자네가 빼도 좋겠군. 하지만 가시에 독이 묻었으 니 조심하게."

나는 엄지와 검지로 가시를 뺐다. 가시는 아무 흔적도 남기 지 않고 쑥 빠졌다. 구멍이 났던 자리에 작은 점 같은 핏자국만 남았다.

"모든 게 풀리지 않는 미스터리로 보이는군. 어째 점점 명확해지는 게 아니라 점점 깜깜해지는걸."

"그 반대일세. 시시각각 명확해지네. 몇 가지 빠진 고리들만 확보하면 사건의 그림이 완전하게 그려지네."

우리는 방에 들어온 후 동행이 있다는 걸 잊고 있었다. 사디어스 숄토는 여전히 문간에 서서, 잔뜩 겁에 질려 손을 쥐어짜면서 한탄했다. 하지만 갑자기 그가 불만에 찬 날카로운 소리를 지르며 말했다.

"보석이 사라진 건가요? 저들이 형한테서 보석을 훔친 겁니다! 저 구멍으로 우리가 보석을 내렸습니다. 형을 도와 보석을 내렸어요. 바르돌로뮤를 마지막으로 본 사람은 접니다! 어젯밤 그를 여기 두고 떠났고, 계단을 내려가면서 그가 문을 잠그는 소리를 들었습니다."

"그때가 몇 시였습니까?"

"10시였지요. 그런데 이제 그가 죽었고, 경찰을 부르면 내가 이 사건과 관계 있다고 의심받을 겁니다. 아, 그래요, 틀림없이 의심받겠지요. 하지만 두 분은 그렇게 생각하지 않겠지요? 제가 한 짓이라고 생각하지 않지요? 만약 범인이 저라면 여러분을 여기 데려오지 않았을 것 아닙니까. 아, 이것 참! 미치겠군!"

그는 미친 듯이 발작하며 양팔을 휘두르고 발을 굴렀다.

홈즈가 친절하게 그의 어깨를 잡으면서 말했다.

"걱정할 이유가 없습니다, 숄토 씨. 내 조언대로 마차를 타고 경찰서로 가서 신고하십시오. 모든 면에서 수사에 협조하겠다고 하시고요. 숄토 씨가 돌아올 때까지 우린 여기서 기다리지요."

왜소한 사내는 멍한 상태에서 시키는 대로 했고, 우리는 그가 어두운 계단을 내려가는 소리를 들었다.

6. 셜록 홈즈, 증거를 보여주다

홈즈가 손을 비비면서 말했다.

"자, 왓슨. 우리에게 반시간이 주어졌네. 알차게 사용해보세. 자네에게 말했다시피 내 수사는 거의 완전해졌네. 하지만 지나친 자신감 때문에 일을 그르치면 안 되겠지. 이제 사건은 무척 단순해 보이지만, 혹시라도 저변에 더 깊은 뭔가가 있을지도 모르네."

"단순하다고?"

내가 쏘아붙였다.

"확실히 그렇지."

홈즈는 학생들에게 소상히 설명하는 냉정한 교수의 분위기를 풍기면서 대꾸했다. 그가 말을 이었다.

"자네 발자국으로 인해 상황이 꼬이지 않게 저기 구석에 앉아 있게. 이제 따져보세! 우선 범인들이 어떻게 들어와서 어떻게 나갔을까? 어젯밤 이후 문은 열린 적 없지. 창문은 어떤가?"

홈즈는 등불을 창문에 비추면서 관찰한 내용들을 중얼댔지만, 내게 한 말이 아닌 혼잣말이었다.

"창문은 안쪽에서 빗장이 걸려있군. 창틀도 단단하고. 옆에 경첩이 달리지 않았어. 어디 열어보자고. 근처에 배수관은 없군 그래. 천장은 손이 닿지 않고. 하지만 사람이 창 옆으로 올라왔지. 어젯밤에는 비가 좀 내렸어. 여기 창문턱에 흙이 묻은 족적이 있네. 그리고 여기 원형의 진흙 자국이 있고, 다시 이쪽 바닥에도, 또 여기 탁자 옆에도 흔적이 있어. 여기를 보게, 왓슨! 이게 진짜 상당한 증거일세."

나는 꾹 찍힌 둥근 자국들을 쳐다보았다.

"그건 족적이 아닌데." 내가 말했다.

"우리에게는 훨씬 더 귀중한 거지. 이건 나무 의족 자국이야. 여기 창틀에 부츠 자국이 보이지. 넓은 쇠 굽이 달린 무거운 부츠지. 그 옆에는 나무 의족 자국이 있네."

"나무 의족을 한 사람이군."

"그럴 걸세. 하지만 다른 사람이 있었네. 대단히 수완이 좋고 민첩한 공범이지. 저 벽을 타오를 수 있겠나, 왓슨?"

나는 열린 창밖을 내다보았다. 달빛은 여전히 집의 창문 쪽을 비추고 있었다. 우린 지면에서 족히 18미터는 떨어져 있었고, 내다봐도 족적 따위는 보이지 않았다. 벽돌 담장의 틈새 하나도 보이지 않았다.

"전혀 불가능하네." 내가 대답했다.

"도움이 없다면 그렇겠지. 하지만 여기 위에 친구가 있어서, 구석에 보이는 저 튼튼한 밧줄을 내려주고 밧줄의 한쪽 끝을 벽의 큰 고리에 매어준다면 또 다를 테지. 그리고 활동적인 사내라면 나무 의족을 했더라도 기어오르겠지. 물론 같은 방법으로 내려갈 거고, 그러면 공범은 밧줄을 끌어올리고 고리에서 매듭을 푼 다음, 창문을 닫고 안에서 빗장을 걸고, 원래 들어온 그대로 빠져나가지. 세세히 들여다보면……."

홈즈는 밧줄을 손짓하면서 말을 이었다.

"의족을 한 우리 친구는 제법 벽을 잘 타지만 직업 선원은 아니라는 거지. 손에 굳은살이 배지 않았거든. 확대경으로 보니 혈흔이 하나 이상, 특히 밧줄의 끝 쪽을 향해 있네. 그 부분에서 빠른 속도로 미끄러지다가 양손의 살갗이 벗겨졌으리라 추정되는군."

"모든 게 그럴듯하네만, 점점 더 납득이 안 되는군. 이 정체모를 공범은 어떤가? 그가 어떻게 방에 들어왔지?"

"흠, 공범 말이지?"

홈즈가 시무룩하게 되뇌면서 말을 이었다.

"이 공범에 대해서는 흥미로운 특징들이 있어. 그 자가 이 사건을 평범하지 않은 일로 만들지. 이 공범이 이 나라의 범죄 연대기에 새로운 장을 열거든. 유사한 사건들이 인도와 내 기억이 옳다면 세네감비아*에서 일어나긴 했지만."

내가 물었다.

"그렇다면 그가 어떻게 들어왔지? 문은 잠겨 있고 창문으로는 접근할 수가 없는데. 굴뚝으로 들어왔을까?"

셜록 홈즈가 대답했다.

"난로 받침쇠가 너무 작아. 이미 그 가능성도 따져봤네."

"그렇다면 어떻게?"

내가 끈질기게 물었다.

그가 고개를 저으면서 말했다.

"자네는 내가 가르쳐준 걸 적용하려하지 않는군. 불가능한 일들을 제외하고 남는 것이 아무리 아닐 것 같아도 분명히 진실이라고 몇 번이나 말했나? 우린 그 자가 문이나 창문이나 굴뚝으로 들어오지 않았다는 걸 알잖아. 또한 잠복도 불가능하니 그가 방에 숨어 있었을 리 없다는 것도 알지. 그렇다면 그는 언제 들어왔지?"

"그가 지붕에 난 구멍으로 들어왔다고?"

---

* 세네갈 강과 감비아 강 사이의 지명이다.

내가 외쳤다.

"당연히 그랬지. 틀림없이 그랬을 거야. 자네가 친절을 베풀어 등불을 비춰준다면, 이제 저 위쪽 방을, 보석이 발견된 비밀의 방 조사를 확대해볼 수 있겠네."

그는 발판을 딛고 서서, 양손으로 기둥 하나씩을 잡고 몸을 당겨 다락으로 올라갔다. 그런 다음 배를 대고 엎드려 손을 뻗어 등잔을 받았고, 내가 뒤따라 올라갔다.

우리가 들어간 공간의 크기는 가로 세로가 3미터, 1.8미터 정도였다. 바닥은 기둥 사이를 얇은 윗가지와 석고 반죽으로 메워서, 걸으려면 기둥들만 발을 디뎌야 했다. 집의 지붕은 삼각형이었고 이곳은 지붕 안쪽임이 분명했다. 가구도 없고, 바닥에 긴 세월 켜켜이 쌓인 먼지만 수북했다.

홈즈가 경사진 벽에 손을 대고 말했다.

"여기 있군, 잘 보게. 이건 지붕에서 밖으로 나가는 뚜껑문이네. 쭉 밀어서 열면 경사가 완만한 지붕이 나와. 그러니 1번 범인이 들어온 통로겠지. 그 자와 관련된 다른 흔적들을 찾아볼까?"

홈즈가 등을 바닥으로 내렸고, 그 순간 나는 이날 밤 두 번째로 그의 얼굴에 경악스러운 표정이 번지는 것을 보았다. 그의 시선을 쫓다가 내 살갗에 소름이 돋았다. 바닥에 맨발 자국이 잔뜩 있었다. 명확하게 꾹 찍힌, 완벽한 형태였지만 보통 어른 발의 절반만 했다.

그는 순식간에 마음을 가다듬었다.

셜록이 말했다.

"순간적으로 아찔했지만 아주 자연스러운 일이네. 내 기억이 틀렸거나, 미리 예상했어야 했는데 아쉽군. 여기서 더 알아낼 게 없네. 내려가세."

"그럼 자네는 저 족적들을 어떻게 추리하나?"

우리가 다시 지붕 아래 방으로 내려오자 난 안달하며 물었다.

그가 답답해하며 대꾸했다.

"이보게, 왓슨. 스스로 분석하려고 애써보게. 내 기법들을 알면서 그러나. 그 방법들을 적용해서 결과들을 비교하면 도움이 될 걸세."

"여러 사실들을 하나로 엮을 수가 없네."

내가 대꾸했다.

홈즈가 무뚝뚝하게 말했다.

"곧 명확해질 거야. 여기 달리 중요한 게 없다는 생각이 들지만 그래도 돌아봐야겠군."

그는 확대경과 줄자를 꺼내어 무릎을 꿇고 방 안을 급히 돌면서 길이를 재고 비교하더니 새처럼 깊이 박힌 둥근 눈을 번뜩이면서 긴 코를 널빤지에 가까이 대고 무언가를 확인했다. 몸놀림이 어찌나 민첩하고 조용하고 은밀한지, 잘 훈련받은 블러드하운드가 냄새를 추적하는 것 같았다. 홈즈가 힘과 능력을 법 수호가 아니라 위반에 쏟았다면 얼마나 무서운 범법자가 됐을지 생각하지 않을 수가 없었다. 셜록은 주위를 조사하면서 계속 혼잣말을 중얼댔고, 결국 크게 환호성을 질렀다.

그가 말했다.

"우리가 확실히 운이 좋군. 이제 별 문제는 없을 거야. 1번 범인이 재수가 없어서 크레오스트*를 밟고 지나갔거든. 여기 이 지독한 냄새가 나는 곳의 끄트머리에 그의 작은 발의 테두리가 보이잖아. 병에 금이 가서 액체가 샌 거지."

"그러면 어떻게?"

내가 물었다.

"흠, 우리가 범인을 잡게 생겼다는 거지."

홈즈가 말했다.

"그 냄새를 추적해서 세상 끝까지라도 갈만한 개를 알아. 사냥개 무리가 청어를 쫓아 해변을 누비는 마당이니, 훈련받은 개라면 이런 독한 냄새를 쫓아 얼마나 멀리 갈 수 있겠나. 3수법** 계산문제 같지. 답은 우리에게……. 그런데 이봐라! 여기 공권력의 대표자들이 납시는군."

아래서 묵직한 발소리와 떠들썩한 말소리가 들리더니 현관문이 요란하게 닫혔다.

홈즈가 말했다.

"그들이 오기 전에 이 딱한 친구의 팔을, 여기를 만져보게. 여기 다리도. 촉감이 어떤가?"

"근육이 나무판처럼 딱딱하군."

---

* 목재 방부제, 살충제의 일종이다.
** 비례에서 내항의 곱은 외항의 곱과 같다는 법칙이다.

내가 대답했다.

"정말 그렇지. 보통의 사후강직을 훨씬 넘어선 극도로 경직된 상태지. 얼굴 뒤틀림과 함께, 옛 재치꾼들이 히포크라테스의 미소 혹은 경소*라고 부른 것은 자네 머리가 어떤 결론을 내리게 하나?"

"강력한 식물성 알칼로이드로 인한 사망이지. 지속 강직성 경련을 일으킬 스트리크닌 같은 것 말일세."

"굳은 안면 근육을 본 순간, 내 머리에 떠오른 생각이 바로 그거였네. 방에 들어오자마자, 몸에 독을 주입한 수단을 찾아봤지. 알다시피 난 크게 힘들이지 않고 두피에 박히거나 쏜 가시를 발견했네. 고인이 똑바로 앉아 있다면 가시가 꽂힌 부위가 천장 구멍을 향했으리란 걸 자네도 알겠지. 이제 이 가시를 살펴보게."

나는 천천히 가시를 받아서 불빛이 비치는 곳을 향해 들었다. 길고 뾰족한 검정색이었고, 진득하게 말라붙었지만 끄트머리는 반질반질했다. 뭉툭한 끝을 칼로 다듬고 매끈하게 만든 상태였다.

"영국에서 나는 가시인가?"

"아니, 그건 확실히 아니네."

---

* 안면 경련에 의한 웃음이다.

"이런 모든 정보들을 취합하면 합리적인 추론을 끌어낼 수 있겠지. 그런데 여기로 정규군들이 오시니 보조원들은 그만 물러나야겠군."

홈즈가 말하는 사이, 점점 가까워지던 발소리가 복도에서 요란하게 들렸다. 회색 양복을 입은 다부진 거구의 사내가 성큼성큼 들어섰다. 불그스름한 얼굴, 건장하고 비만한 체격, 눈밑살이 늘어지고 단추 구멍만한 눈이 번뜩였다. 제복 차림의 경위 한 명과 여전히 벌벌 떠는 사디어스 숄토가 바싹 붙어 들어왔다.

그는 우물대는 쉰 목소리로 말했다.

"여기가 사건 현장이오? 여기서 사건이 일어났구먼! 그런데 이 사람들은 뭐야? 이거 뭐 집이 토끼사육장처럼 북적대는군 그래."

"당연히 날 기억하실 텐데, 애설니 존스."

홈즈가 나직이 말했다.

애설니 존스가 씨근대며 대꾸했다.

"흠, 내가 당연히 기억한다? 이론가 셜록 홈즈 씨군요. 기억하오! 비숍게이트 보석 사건에서 모두에게 범행 이유와 추리와 결과에 대해 어떻게 가르쳐줬는지 똑똑히 기억하지요. 당신이 방향을 제대로 짚어준 건 사실이지만, 뛰어난 안목보다 운이 따른 덕이었다는 걸 이제 인정하지 그러시오."

"아주 간단한 추리에 불과했는걸요."

"아이고, 이거 왜 이러시나! 인정하는 걸 부끄러워 말아요. 그런데 이게 다 뭔가? 시시한 사건이군! 시시한 사건이야! 여기 확고한 사실들이 있으니 이론이 끼어 들 여지가 없군. 내가 다른 사건 때문에 노우드 근처에 나와 있던 참이어서 얼마나 운이 좋았는지! 경찰서에 있는데 전갈이 왔더군요. 이 사람이 어떻게 죽었다고 생각합니까?"

"흠, 이건 내가 이론을 내세울 만한 사건이 아니오."

홈즈가 무뚝뚝하게 대꾸했다.

"그렇지요? 맞아요. 그래도 가끔 당신이 적절한 지적을 한다는 것은 우리도 부인할 수 없지요. 이런! 문이 잠겨 있었다는 건 알겠고. 보석 50만 파운드어치가 사라졌고. 창문은 어떤 상태였습니까?"

"닫혀 있었지만 창턱에 발자국들이 있소."

"아니, 아니. 문이 닫혔다면 발자국들이 사건과 관계있을 리 만무하지요. 그게 상식입니다. 희생자는 발작을 일으켜 죽었을 거예요. 그러자 보석이 없어졌다. 아하! 짐작이 됩니다. 가끔 기발한 생각이 떠오른다니까……. 밖에 나가 있게, 경사. 숄토 씨도요. 당신의 친구는 남아도 좋습니다. 이건 어떻게 생각합니까? 홈즈 씨. 숄토의 자백에 따르면 어젯밤에 그는 형과 함께 있었지요. 그 형은 발작을 일으켜 죽었고, 숄토가 보석을 챙겨서 현장에서 빠져나왔다면? 이 추리는 어떻습니까?"

"그래서 죽은 이가 벌떡 일어나 방 안쪽에서 문을 잠갔군요."

"흠! 거기 오류가 있군. 사건에 상식을 적용해봅시다. 사디어스 숄토가 형과 함께 있었다, 말다툼이 있었다. 우린 거기까지 압니다. 형은 죽었고 보석은 사라졌다. 그것도 알지요. 사디어스가 형을 두고 나온 이후 아무도 형을 보지 않았다. 그의 침대는 잠을 잔 흔적이 없었고. 사디어스는 제정신이 아닌 상태인건 분명합니다. 겉모습은 뭐, 보기 좋은 꼴은 아니군요. 내가 사디어스를 중심으로 추리를 펼치는 걸 알 겁니다. 포위망이 그를 조이기 시작하는 겁니다."

홈즈가 대꾸했다.

"당신은 아직 사실들을 다 파악하지 않았소. 난 이 나무조각 끝에 독약이 묻었다고 확신하는데, 이게 피해자의 두피에 꽂혀 있었소. 아직도 그 흔적이 보일 거요. 보다시피 문구가 적힌 이 쪽지가 테이블에 있었고, 그 옆에 이 아주 요상한 돌 손잡이가 달린 도구가 떨어져 있었소. 이 모든 요소가 당신의 추리에 맞아떨어집니까?"

뚱보 수사관이 거들먹대며 대답했다.

"모든 면에서 딱딱 맞지요. 인도의 진기한 물건들이 집 안에 넘쳐납니다. 사디어스는 이걸 갖고 올라왔고, 이 나무 조각에 독이 묻었다면 사디어스가 사람을 죽일 살해 도구를 미리 만들었다는 거죠. 쪽지는 눈가림이고. 틀림없이 치밀하게 계획한 겁니다. 단 한 가지 문제는 사디어스가 어떻게 빠져나왔나 하는 것이겠지요? 아, 그렇고말고. 여기 지붕에 구멍이 있군요."

존스는 거구임을 감안하면 민첩한 몸놀림으로 발판을 딛고 다락으로 비집고 올라갔다. 곧 그가 뚜껑문을 발견하고 지르는 환호성이 우리 귀에 들렸다.

"그가 뭔가 발견할 수도 있지. 드문드문 어렴풋이 감을 잡기도 하거든. 'Il n'y a pas des sors si incommodes que ceux qui ont de l'esprit' ('선무당이 사람 잡는다'라던가?)"

존스 수사관이 다시 발판에 나타났다.

"알겠습니까? 결국 이론보다 사실들이 우월하다니까. 이 사건에 대한 내 관점은 확고합니다. 지붕과 연결되는 뚜껑문이 있고, 조금 열려 있소."

"그 문을 연 사람은 나였습니다."

"아, 정말! 그럼 그 문을 알아봤습니까?"

존스는 이 사실을 알고 약간 풀이 죽은 것 같았다. 그가 덧붙여 말했다.

"하긴 누가 뚜껑문을 찾았던 간에, 범인이 어떻게 빠져나갔는지 말해주는 건 확실하지요. 경사!"

"네, 형사님."

복도에서 대답했다.

"숄토 씨에게 이리 들어오라고 전하게. 숄토 씨, 당신이 하는 어떤 말도 불리하게 이용되리라는 걸 고지하는 게 내 의무요. 형의 살인과 관련해서 당신을 여왕 폐하의 이름으로 체포합니다."

"저거 보라니까요! 내가 뭐라고 했습니까?"

가여운 청년이 손을 뻗고 우리를 차례로 보면서 외쳤다.

홈즈가 말했다.

"이 일 때문에 걱정 마십시오, 내가 누명을 벗겨줄 수 있을 겁니다."

존스 수사관이 쏘아붙였다.

"호언장담은 그만두시지요, 이론가 선생. 너무 큰소리치는 거 아닌가? 당신이 생각하는 것보다 어려운 일일 텐데,"

"이 사람의 누명을 벗길 뿐 아니라, 공짜 선물로 어젯밤 이 방에 있었던 두 명 중 한 명의 이름과 용모를 말해주겠소. 내가 보기에 그의 이름은 조나선 스몰이 분명한 것 같소. 교육을 제대로 못 받았고 왜소하고 민첩한 사내요. 오른쪽 다리가 없어서 나무 의족을 했는데, 안쪽이 닳았소. 왼발 부츠의 밑창은 투박하고 사각 코에다 굽 주변에 철제 띠가 있소. 중년 사내로 햇볕에 그을렸고 전과자요. 그의 손바닥이 많이 까졌다는 사실과 함께 이 몇 가지가 당신에게 도움이 되길 바라오. 다른 사람은……."

"이런! 다른 사람이라니?"

앤슬리 존스가 빈정대는 투로 물었지만 홈즈의 단호한 태도에 주눅이 든 모습이 확연히 느껴졌다.

셜록 홈즈가 휙 돌아서면서 말했다.

"그는 상당히 묘한 인물이요. 오래지 않아 당신에게 그 둘을 소개할 수 있으면 좋겠소. 나 좀 보세, 왓슨."

그가 나를 데리고 계단 끝으로 갔다.

홈즈가 말했다.

"이 예상치 못한 일이 생기는 바람에 우리가 여기 찾아온 본래 목적을 놓쳐버렸군."

"나도 그 생각을 하던 참일세. 모르스탄 양을 이 위험한 집에 있게 하는 건 옳지 않네."

내가 대답했다.

"그렇지. 자네가 그녀를 집에 바래다줘야겠네. 모르스탄 양은 로어 캠버웰에서 세실 포레스터 부인과 함께 사니까 그리 멀지 않네. 자네가 돌아오겠다면 난 여기서 기다리겠네. 아니면 혹시 몹시 피곤한가?"

"전혀 그렇지 않네. 이 엄청난 사건을 더 상세히 알기 전에는 잠을 이루지 못할 거야. 살면서 별별 꼴을 겪었지만, 오늘 밤처럼 이상한 일들이 순식간에 연달아 일어나니 기진맥진 하다는 게 솔직한 말이지. 하지만 기왕에 여기까지 왔으니 자네와 사건을 더 들여다보고 싶네."

셜록이 대답했다.

"자네가 같이 있는 게 큰 도움이 될 거야. 우린 독립적으로 사건을 파헤치고, 이 존스란 친구는 멋대로 상상하며 헛다리짚고 좋아하게 내버려두세. 모르스탄 양을 집에 내려준 다음, 램버스의 강변 인근의 핀친 레인 3번지로 가게. 우측 세 번째 집이 조류 박제사의 집이네. 그의 이름은 셔먼일세. 창에 토끼 새끼를 든 족제비가 있네. 문을 두드려 셔먼을 깨워서, 내 안부를 전하고 내게 당장 토비가 필요하다고 말하게. 마차에 토비를 태워 돌아오면 되네."

"개인가보군."

"맞네, 기가 막힌 후각을 가진 독특한 잡종견이지. 난 런던 수사관들 전원의 도움보다 토비 한 마리의 도움을 선택하겠네."

내가 대꾸했다.

"그러면 개를 데리고 오겠네. 지금 1시군. 기운찬 말을 구할 수 있으면 3시 전에는 돌아오겠네."

홈즈가 말했다.

"난 번스톤 부인과 사디어스가 옆 다락방에서 잔다던 인도인 하인에게 알아낼만한 게 있는지 조사하지. 그런 후에 대단하신 존스의 수사방법들을 살펴보고 그의 노골적인 비아냥을 경청하도록 하겠네. 'Wir sind gewohnt dass die Menschen werhohnen was sie nicht verstchen. (우린 인간이 이해하지 못하면서 무시하는 것을 자주 본다)' 괴테의 말은 늘 함축적이라니까."

7. 나무통 에피소드

경찰이 마차를 가져 왔기에 나는 이 마차를 타고 모르스탄 양을 집에 바래다주었다. 그녀는 여성 특유의 고운 마음씨를 가져서, 자신보다 약하고 도움이 필요한 사람 앞에서는 차분한 얼굴로 고통을 감내했다. 겁먹은 가정부 옆에서 밝고 침착한 태도를 취하는 그녀가 내 눈에 띄었다. 하지만 그녀는 마차에 오르자 창백해지더니 한바탕 울음을 쏟았다. 한밤에 겪은 일들이 그만큼 힘들었으리라. 그녀는 마차를 타고가면서 내가 냉정하고 무뚝뚝한 사람처럼 보였다는 말을 지금도 한다. 내가 속으로 얼마나 버둥댔는지, 자제력을 발휘하려 애썼는지 그녀는 꿈에도 몰랐다. 내 연민과 사랑이 그녀에게 향했는데 말이다. 정원에서 손을 잡을 때부터 그랬다. 난 오랜 세월을 관습 속에서 살았지만, 이날 하루 이상한 경험을 하면서 그녀가 보인 다정함과 용기는 한 번도 배운 적이 없다고 느꼈다. 하지만 애정 어린 말을 못 꺼낸 이유는 두 가지였다. 우선, 모르스탄 양은 심신이 시달려서 지치고 기운이 없었다. 이런 순간에 사랑을 강요하는 것은 그녀의 힘든 처지를 이용하는 꼴이었다. 그보다 나쁜 것은 그녀가 부자라는 점이었다. 홈즈의 수사가 성공하면, 모르스탄 양은 상속녀가 될 터였다. 휴직 급여로 사는 군의관 주제에 우연이 안겨준 친밀감을 이용하는 게 과연 정당할까? 명예로운 일일까? 그녀가 나를 요행수나 바라는 상스러운 인간 정도로 여기지는 않을까? 그녀가 그런 생각을 떠올릴 수도 있으니 난 위험을 감당할 수가 없었다. 이 아그라의 보석은 둘 사이를 가로막는 장애물일 뿐이었다.

2시가 다 되어서 세실 포레스터 부인의 집에 당도했다. 하인들은 오래 전에 자러 갔지만, 포레스터 부인은 모르스탄 양이 받은 이상한 전갈에 흥미를 느껴서 귀가를 기다리며 깨어 있었다. 부인이 직접 문을 열어주었다. 중년의 우아한 여인이었다. 그녀가 모르스탄 양의 허리를 다정하게 안고 어머니 같은 말투로 맞아주는 광경을 보니 내 마음이 흐뭇했다. 모르스탄 양은 일개 봉급을 받는 고용인이 아닌 대접 받는 친구였다. 내 소개를 받자 부인은 들어가서 모험담을 들려달라고 간곡히 청했다. 하지만 나는 중요한 볼 일이 있다고 설명하고, 꼭 다시 방문해

진전된 상황을 알려주겠다고 약속했다. 다시 마차를 타고 떠날 때 힐끗 뒤를 돌아보았고, 계단에 서 있던 두 여인이 지금도 눈에 선하다. 바싹 붙어선 우아한 두 여인, 반쯤 열린 현관문, 색유리에 어린 복도의 불빛, 풍향계, 반질반질한 계단 난간 등등. 험하고 어두운 사건에 빠진 와중에, 평온한 영국 가정을 스쳐가듯 힐끗 본 것은 큰 위로가 되었다.

벌어진 사건을 생각할수록 점점 암울해졌다. 가스등 켜진 적막한 거리들을 덜컥덜컥 달리면서, 지금까지 일어난 이상한 일들을 모두 되새겨보았다. 첫 사건이 있었지만, 최소한 이 일은 아주 명확해지고 있다. 모르스탄 대위의 죽음, 배달된 진주, 광고, 편지 같은 사건들을 우리는 모두 밝혀냈다. 그런데 이 일들은 우리를 더 깊고 훨씬 비극적인 미스터리로 이끌고 갔다. 인도 보석, 모르스탄의 유품에서 발견된 이상한 도면, 숄토 소령의 미심쩍은 임종 장면, 보석이 다시 발견되자마자 발견자가 살해된 일, 범행의 아주 독특한 공범들, 족적, 이상한 무기, 모르스탄 대위의 도면에 나온 이름들이 적힌 쪽지 문구 등이다. 여기가 미로였다면, 셜록보다 재능이 많이 부족한 사람은 단서를 찾는 데 절망할 만 했다.

램버스의 아래 구역에 있는 핀친 레인에는 초라한 2층 벽돌 집들이 늘어서 있었다. 3번지에서 한참 문을 두드려도 안에서는 기척이 없었다. 하지만 결국 창문 블라인드 뒤에서 촛불이 반짝이더니, 위층 창에 사람 얼굴이 나타났다.

얼굴의 주인이 말했다.

"얼씨구, 고주망태 부랑아 자식. 계속 소란을 피우면 개집을 열어서 마흔 세 마리가 달려드는 맛을 보여줄 테다."

"한 마리만 풀어주시죠. 바로 그 일로 찾아왔습니다만."

내가 대꾸했다.

사내가 소리쳤다.

"이 자식아. 진짜로 주머니에 걸레가 들어있다. 썩 꺼지지 않으면 네놈 머리통으로 던질 거다!"

"하지만 난 개가 필요한데요."

내가 외쳤다.

셔먼 씨가 소리쳤다.

"네놈과 입씨름하지 않을 거야. 자 물러서. '셋'을 외치고 던진다!"

"셜록 홈즈 씨가……."

내가 이름을 꺼내자마자 마법 같은 효과가 일어났다. 곧 창이 아래로 닫히더니 잠시 후 현관 빗장이 풀리며 문이 열렸다. 셔먼 씨는 핼쑥하고 호리호리한 노인이었다. 어깨가 구부정하고 목이 가늘고, 파란기가 도는 안경을 쓰고 있었다.

그가 말했다.

"셜록 씨의 친구라면 언제든 환영합니다. 들어오세요. 오소

리한테 가까이 가지 마세요. 녀석이 문답니다. 아, 말썽 또 말썽. 신사 양반을 물려고 그러는 거냐?"

셔먼 씨가 족제비에게 말했다. 족제비가 우리의 쇠창살 사이로 음흉한 머리통을 내밀었다. 눈이 빨갰다. 그가 내게 말했다.

"신경쓰지 마세요. 손님. 이 녀석은 도마뱀에 불과하거든요. 독니가 없어서 방에서 기어 다니게 풀어둔답니다. 딱정벌레가 얼씬도 못 하거든요. 처음에 제가 성미를 부린 것을 노여워하지 마세요. 애새끼들한테 놀림을 당하거든요. 저를 깨우려고 여기 오는 인간들이 어찌나 많은지. 그런데 셜록 홈즈 씨가 원하시는 게 뭔가요?"

"당신의 개 한 마리를 원했습니다."

"아! 그렇다면 토비겠구만요."

"맞습니다, 이름이 토비라고 했습니다."

"토비는 여기 좌측으로 7번 우리에 삽니다."

그가 촛불을 들고, 그간 모은 이상한 동물 가족들 사이를 천천히 걸었다. 어두침침한 불빛에 구석구석에서 우리를 흘끔대는 번뜩이는 눈빛이 보였다. 머리 위의 기둥에도 우리의 말소리에 깬 침울한 가금류가 앉아 이리저리 옮겨 다니고 있었다.

토비는 털이 길고 귀가 늘어진 못난 개였다. 반은 스패니얼이고 반은 잡종으로 갈색과 흰색이 섞였고, 몹시 뒤뚱대며 어기적어기적 걸었다. 내가 박제사 노인에게 받은 설탕 덩어리를 내미니 토비는 좀 머뭇대다가 받았다. 그렇게 동맹이 결성되어서 녀석은 나를 따라 마차에 올랐고, 함께 가는 동안에도 가탈을 부리지는 않았다. 궁전 시계가 막 세 시를 쳤을 때 다시 폰디체리 로지에 도착했다. 들어가니, 전 권투 챔피언 맥머도가 공범으로 체포되어 숄토 씨와 경찰서로 끌려간 후였다. 경관 두 명이 좁은 대문을 지켰지만 수사관 이름을 대자 개를 데리고 들어가게 해주었다.

홈즈는 문 앞에 서서, 주머니에 손을 찌르고 파이프를 피우고 있었다.

그가 말했다.

"아, 토비를 데려왔나? 그렇다면 개가 착하군! 애설니 존스가 갔다네. 자네가 떠난 후 우린 엄청나게 기운을 뺐지. 그가 사디어스 그 친구만 아니라, 문지기와 가정부와 인도인 하인까지 체포했다네. 위층에 있는 경사를 제외하면 이 집에는 우리만 있네. 개를 여기 두고 올라가세."

우리는 토비를 현관 탁자에 묶어놓고 계단을 올라갔다. 방 가운데 놓인 시신에 천을 씌운 걸 제외하면 방은 우리가 나올 때와 똑같았다. 지친 기색의 경사가 구석에서 기대어 쉬고 있었다.

내 친구가 말했다.

"과녁 좀 빌립시다, 경사. 이제 이 종이를 내 목에 매서 몸 앞쪽으로 늘어지게 해주게. 고맙네. 이제 난 부츠와 양말을 벗어야 되네. 자네가 그것들을 갖고 내려가게, 왓슨. 난 기어 올라갈 참이거든. 그리고 내 손수건에 크레오소트를 적시게. 그 정도면 충분하네. 이제 잠깐만 나랑 다락으로 올라가세."

우리는 천장에 난 구멍을 통해 다락으로 올라갔다. 홈즈가 다시 한 번 등불을 먼지 구덩이에 난 발자국들에 비추었다.

그가 말했다.

"이 족적들을 특히 주의해서 봐주면 좋겠네. 눈여겨볼 만한 점이 있나?"

"이 족적들은 어린 아이나 자그마한 여인의 것일세."

내가 말했다.

"하지만 크기는 제외하고 말일세. 달리 눈에 띄는 건 없나?"

"다른 족적들이랑 비슷해 보이는데."

"그렇지 않네. 여길 보게! 이건 먼지에 찍힌 오른발 자국일세. 이제 그 옆에 내가 맨발로 발자국을 냈네. 큰 차이가 뭔가?"

"자네 발가락은 가지런히 붙어있네. 근데 다른 족적은 발가락이 확연히 벌어져 있군."

"정말 그렇지. 그게 핵심이네. 그걸 염두에 두게. 이제 저 창에 다가서서 나무틀의 끄트머리 냄새를 맡아보겠나? 난 손에 이 손수건을 들고 있으니 여기 있겠네."

나는 그가 시키는 대로 했고, 곧 강한 타르 냄새를 알아차렸다.

"여기가 그 자가 빠져나가면서 발을 디딘 자리네. 자네가 그의 흔적을 감지할 수 있다면 토비야말로 수월하게 찾아낼 걸세. 이제 아래층으로 내려가서 개를 풀어 블롱댕*을 찾아야지."

내가 마당으로 내려갈 무렵 홈즈는 지붕으로 올라갔고, 나는 큰 반딧불처럼 천천히 지붕 용마루를 기어가는 그를 볼 수 있었다. 그가 굴뚝 뒤로 들어가면서 시야에서 사라졌다. 하지만 곧 다시 나타났다가 또 한 번 반대쪽으로 사라졌다. 내가 그쪽으로 가니, 홈즈는 한쪽 구석의 처마에 앉아 있었다.

"왓슨, 자넨가?"

그가 소리쳤다.

"그래."

"바로 여기야. 거기 밑의 검은 물체는 뭔가?"

"물통이네."

"뚜껑이 있나?"

"있어."

"사다리는 안 보이고?"

"안 보여."

"이런 젠장! 위험천만한 곳인데. 그 자가 기어오를 수 있었던 곳이라면 나도 내려갈 수 있겠지. 수도관이 제법 튼튼하군. 어

---

* 유명한 줄타기 곡예사이다.

쨌거나 내려가겠네."

사뿐사뿐한 발놀림과 함께 등불이 벽 한쪽을 타고 꾸준히 내려오기 시작했다. 그러다가 불빛이 휙 나타나면서 셜록은 물통 위로 내려왔고, 거기서 땅바닥으로 뛰어내렸다.

그가 양말과 부츠를 신으면서 말했다.

"그 자를 추적하기 쉬웠네. 줄곧 기왓장이 건들건들했고, 그는 서두르다가 이걸 떨어뜨렸지. 자네들 의사 식으로 말하자면 그게 내 진단을 확인해준다네."

셜록이 위로 들어 보인 물건은, 염색한 풀로 짜서 화려한 구슬 몇 개를 붙인 작은 지갑 혹은 주머니였다. 모양과 크기가 담배 케이스와 비슷했고, 검은 가시 대여섯 개가 들어있었다. 한쪽은 뾰족하고 다른 쪽은 둥근 이 가시들은 바르돌로뮤 숄토가 찔린 것과 흡사했다.

셜록 홈즈가 말했다.

"무시무시한 물건이지. 가시에 찔리지 않게 주의하게. 이것들이 내 수중에 들어와서 다행이야. 그의 수중에 다른 가시가 없을 가능성이 있으니까. 가까운 시간 내에 자네나 내 살에 가시가 박힐 염려는 줄었군. 이 가시에 찔리느니 마티니 헨리*의 총알을 맞고 말지. 자네, 9킬로미터나 되는 장거리를 걸을 기운

---

* 소총의 한 종류이다.

이 있나, 왓슨?"

"물론이지."

내가 대답했다.

"다리가 그 만큼 견뎌줄까?"

"아, 그럼."

"여기 있구나, 견공! 착한 친구 토비! 이걸 냄새 맡아, 토비. 냄새 나지?"

그가 크레오소트를 적신 손수건을 개의 코 밑에 디밀었다. 코비는 복슬복슬한 다리를 벌리고, 유명한 빈티지** 포도주를 냄새 맡는 감정가처럼 우스꽝스럽게 고개를 갸우뚱했다. 그때 홈즈가 손수건을 멀리 던지고, 개목에 탄탄한 줄을 묶어서 물통의 발치로 데려갔다. 곧 개는 목청껏 짖으면서, 꼬리를 꼿꼿이 세우고 땅에 코를 박고 획획 내달렸다. 목줄이 팽팽하게 당겨지는 바람에 우리는 온힘을 다해 뛰어야했다.

동쪽이 점점 뿌옇게 변했고 이제 멀리 차가운 회색 빛줄기를 볼 수 있었다. 어둑어둑한 휑한 창문, 을씨년스런 높은 벽. 육중한 사각 건물이 우리 뒤로 처량하고 적적하게 우뚝 서 있었다. 우리는 마당을 바로 가로질러, 움푹 패이고 교차되는 도랑들과 구덩이들 사이를 누비고 지나갔다. 사방에 흙더미와 멋대로

** 포도의 작황이 좋아서 좋은 품질의 포도주가 생산된 해를 말한다.

자란 덤불이 있어서, 뒤숭숭하고 불길한 분위기를 풍겼다. 거기에 여기서 벌어진 암울한 비극까지 더해졌으니 말이다.

외벽에 다다르자, 토비는 낑낑대면서 그늘 속을 달리다가 마침내 어린 자작나무가 있는 구석에서 멈추었다. 두 벽이 만나는 지점이어서 벽돌 몇 개가 헐렁했고, 하단의 틈새들은 자주 사다리로 이용된 듯 반질반질 하고 둥글었다. 홈즈는 벽으로 올라가서 내가 건넨 개를 받아 담장 너머에 내려놓았다.

내가 옆으로 올라가자 그가 말했다.

"의족사내의 손자국이 있군. 흰 회벽에 얼핏 번진 핏자국이 보이지. 어제 이후 큰비가 내리지 않았으니 우리가 운이 좋네! 28시간 먼저 지나갔지만 길에 체취가 남아 있을 걸세."

고백컨대 그 사이 런던 도로를 오간 어마어마한 통행자 수를 고려하면 과연 그럴까 의심스러웠다. 하지만 내 염려는 곧 잦아들었다. 토비는 주저하거나 빗나가지 않고, 특유의 구르는 동작으로 어기적어기적 나아갔다. 확실히 크레오스트의 시큼한 냄새는 다른 냄새들보다 강력했다.

홈즈가 말했다.

"내가 수사의 성공을 우연히 범인의 발에 묻은 화학약품에만 건다고 넘겨짚지 말게. 다른 여러 가지 방식으로 그들을 추적할 수 있는 기법을 아네. 하지만 이게 가장 쉬운 방법이고, 행운이 우리 편이니 이 방법을 쓰지 않으면 그게 실수겠지. 하지만 한때는 제법 머리를 써야 되는 사건이 될 조짐을 보였는데, 그럴 필요가 없어졌군. 이 사건으로 상당한 공적을 쌓을 수도 있었건만 이건 너무 뻔한 단서가 있으니 말이야."

"공적은 차고도 넘치네. 내 확실히 말하겠네, 홈즈. 제퍼슨 호프 사건보다 이 사건에서 자네의 수사 방식이 훨씬 더 감탄스럽네. 내가 보기에는 상황이 더 깊고 더 묘연해지는군. 예를 들면 의족 사내를 어떻게 그렇게 명확하게 설명할 수 있었나?"

"아이고, 이 친구야! 그거야 간단하기 짝이 없지. 요란 떨고 싶지 않군. 명백하고 분명하지. 감옥 경비를 책임진 두 장교는 보물이 묻혀 있다는 중요한 비밀을 알아내지. 조나선 스몰이라는 영국인이 그들을 위해 지도를 그리네. 모르스탄 대위의 유품 가운데 도면에 적힌 이름을 본 기억을 되살려보게. 그는 자신과 공모자들을 대신해서 서명을 했지. 그의 극적인 표현에 따르면 네 개의 서명이지. 이 도면의 도움으로 장교들 혹은 그중 한 명은 보물을 손에 넣어서 영국으로 가져오고, 그걸 얻으면서 내걸었던 조건을 지키지 않은 걸로 추측되네. 그러면 조나선 스몰은 왜 직접 보물을 차지하지 않았을까? 답은 뻔하지. 도면에 적힌 날짜는 모르스탄이 죄수들이랑 가깝게 지낸 시기네. 조나선 스몰이 보석을 손에 넣지 못한 것은, 그와 공범들이 감옥에 갇혀서 빠져나오지 못 했기 때문이지."

"그런데 그건 추정에 불과하네."

내가 말했다.

"그 이상이지. 드러난 사실들을 설명하는 가설은 그것밖에 없네. 이 가설이 사건에 어떻게 맞아떨어지는지 살펴보세. 숄토 소령은 보물을 차지하는 행복을 누리면서 몇 년간 편히 지내네. 그러다가 인도에서 온 편지를 받고 큰 공포에 휩싸이지. 그게 뭐였을까?"

"그가 속인 사람들이 풀려났다는 내용의 편지."

"혹은 탈출했거나. 그럴 가능성이 더 크지. 숄토는 그들이 언제까지 복역할지 알았을 테니까. 만약 형기를 채우고 나왔다면 소령이 놀라지 않았을 거야. 그러면 숄토는 어떻게 할까? 의족 사내에 대비해 단단히 경계하지. 사내는 백인이라는 점을 알아두게. 숄토가 백인 영업사원을 그로 착각해 실제로 총을 발사한 걸 보면 그렇다네. 이제 도면에 백인의 이름은 딱 하나뿐이지. 나머지는 힌두교도나 회교도의 이름이야. 다른 백인은 없네. 따라서 우리는 의족 사내가 조나선 스몰과 동일인이라고 단언해도 되겠지. 자네가 보기에 이 추리에 오류가 있나?"

"없어. 명확하고 확실하네."

"흠, 이제 우리가 조나선 스몰의 입장이 되어보세. 그의 시각으로 상황을 살펴봐야지. 그는 당연히 자기 몫인 보석을 되찾는다는 생각과 자기를 속인 인간에게 복수할 생각을 품고 영국에 오네. 숄토가 사는 곳을 알아냈고, 그 집의 누군가와 돈독한 관계를 맺었을 가능성이 크지. 집사 랄 라오는 우리가 보지 못했고, 번스톤 부인은 그를 좋게 평하지 않지. 하지만 스몰은 보물이 감춰진 곳을 알아내지 못 했어. 소령과 이미 죽은 심복을 제외하면 아는 사람이 없었으니까. 갑자기 스몰은 소령이 죽을 상황이라는 걸 알게 돼. 숄토와 함께 보물의 비밀이 사라질까 두려워서 그는 경비원들을 뚫고 숄토의 창가로 달려가지. 그런데 두 아들이 있어서 방에 들어갈 수가 없네. 하지만 그날 밤 숄토를 향한 증오심이 끓어올라 그는 방에 들어가고, 보물과 관련된 서류가 있을까 해서 개인 문건들을 뒤지지. 결국 그는 종이쪽에 짧게 방문을 알리는 메모를 남기네. 소령을 죽이면 시신에 그런 기록을 남기겠다고 사전에 계획한 게 분명하네. 우발적인 살인이 아니라, 공범 네 명의 입장에서는 정의를 실행하는 행동이라는 표시를 한 거지. 이런 부류의 변덕스럽고 기이한 자부심은 범죄사건 연감에 수두룩하고, 보통은 범인을 지목하는 중요한 지표 역할을 하네. 여기까지 이해가 되나?"

"확실히 알겠네."

"이제 조나선 스몰은 뭘 할 수 있었을까? 그는 보물을 찾기 위해 계속 은밀히 감시할 수밖에 없었지. 영국을 떠났다가 이따금 돌아올 가능성도 있지. 그러다 다락방이 발견되는 일이 일어나고, 그는 즉시 보고를 받지. 다시 한 번 집 내부에 그의 동맹군이 있음이 감지되네. 의족을 한 스몰은 숄토의 다락까지 올라갈 수가 없네. 하지만 그는 묘령의 공범을 데려오고, 이 자가 이 난관을 극복하지만 맨발로 크레오소트를 밟네. 여기서 토비가 등장하고, 아킬레스를 다쳐서 봉급의 절반만 받는 군의관이 절룩절룩 9킬로미터를 걷게 되지."

"그런데 범죄를 저지른 사람은 스몰이 아니라 공범이잖나."

"그렇지. 쿵쾅대면서 방에 들어간 걸로 판단하건대 오히려 그게 못마땅했겠지. 바르돌로뮤에겐 원한이 없으니, 몸을 묶고 재갈만 물릴 수 있었다면 그게 더 나았겠지. 교수형을 당하고 싶지 않았을 테니까. 그런데 도리가 없었지. 공범의 야만적 본능이 발산되었고 독이 효과를 발휘했으니. 그래서 조나선 스몰은 기록을 남기고, 보석 상자를 바닥에 내려서 갖고 달아났어. 이 일련의 사건들이 내가 해독할 수 있는 최대한이네. 물론 그의 용모를 말하자면 틀림없이 중년이고, 오븐 속 같은 안다만 제도에서 오래 복역했으니 얼굴이 탔겠지. 키는 보폭으로 계산되고, 우린 그가 수염을 길렀다는 걸 아네. 사디어스 숄토가 창에서 그를 봤을 때 털이 덥수룩하다는 인상을 받았으니까. 그외에 다른 점은 없는 것 같군."

"공범은?"

"흠, 글쎄. 그 부분에 큰 미스터리는 없지. 하지만 곧 공범에 대해 상세히 알게 될 걸세. 아침 공기가 얼마나 신선한가! 큰 홍학의 분홍빛 깃털처럼 두둥실 떠가는 조각구름 좀 보게. 이제 태양의 빨간 테두리가 런던의 짙은 뭉게구름 위로 떠오르는군. 햇살이 많은 사람들을 비추지만, 장담컨대 자네와 나보다 이상한 일을 겪는 사람은 없겠지. 자연의 거대한 힘 앞에서 우리의 작은 야망과 노력이 얼마나 소소하게 느껴지는지! 장 파울*의 글을 잘 알지?"

"제법 알지. 칼라일**을 통해 다시 그의 글을 읽었어."

"실개천을 따라서 물줄기의 근원 호수로 가는 것과 비슷했지. 그는 묘하지만 심오한 말을 하거든. 인간의 진정한 위대성은 자신의 하찮음을 인정하는 데 있다는 증명이야. 그 자체로 고귀함의 증명인 비교와 인정의 역량을 주장하지 때문이지. 리히터의 글에는 생각할 거리가 많아. 자네, 권총을 갖고 있지 않나?"

"지팡이는 있네."

"놈들의 소굴에 당도하면, 그런 무기가 필요할 수도 있네. 스몰은 자네에게 맡기겠지만, 공범이 고약하게 나오면 총을 쏴서 죽일 거야."

셜록이 말하면서, 약실 두 개에 총알이 담긴 권총을 꺼냈다. 그는 총을 오른쪽 주머니에 다시 넣었다.

그 사이 토비의 안내에 따라, 전원 분위기의 집들이 늘어선

---

* 장 파울 리히터, 독일 작가이다.
** 19세기 영국의 사상가이다.

큰 도로들을 지났다. 도로들은 도심으로 이어졌다.

이제 계속되는 작은 길로 접어들었고, 거리마다 이미 노동자들과 항만 근로자들이 북적였다. 거리의 여인들은 셔터를 내리고 문간을 청소했다.

광장 모퉁이에 있는 선술집들이 막 영업을 시작했고, 우락부락한 사내들이 해장술을 마시고 소매로 수염을 훔치면서 나왔다.

우리가 지나가자, 낯선 개들이 어슬렁대다가 미심쩍게 쳐다보았다. 하지만 차원이 다른 우리 토비는 한눈팔지 않은 채 땅에 코를 박고 앞으로 나아갔다. 이따금 강한 냄새를 맡으면 심각하게 낑낑댈 뿐이었다.

우리는 스트레섬, 브릭스톤, 캠버웰을 가로질러 이제 케닝턴 레인에 접어들었다. 골목들을 지나 오벌*의 동쪽으로 향했다. 범인들은 골목이 있으면 큰길을 피해 작은 길을 골라 다녔다. 케닝턴 레인 초입에서 왼쪽으로 빠져 본드 가와 마일스 가를 지났다. 마일스 가에서 나이트 팰리스로 접어드는 지점에서 토비는 걸음을 멈추고, 한 귀를 내리고 한 귀는 늘어뜨린 채 왔다 갔다 했다. 개의 우유부단함을 고스란히 보여주는 광경이었다. 그러다가 토비는 빙빙 원을 돌면서, 당황스러움을 동정해달라는 듯 가끔 우리를 올려다보았다.

"도대체 왜 저러지? 범인들이 택시 마차를 타거나 열기구를 타고 빠져나간 것도 아닐 텐데."

홈즈가 한탄했다.

나는 생각하는 대로 말했다.

"어쩌면 그들이 여기 한참 서 있었나보지."

"아! 다행이네. 토비가 다시 움직이는군."

---

* 케닝턴 오벌. 1945년에 새 단장한 크리켓 경기장이다.

셜록이 안도하며 말했다.

토비는 정말 걸음을 옮겼다. 다시 킁킁대더니 갑자기 마음을 정하고 힘차게 내달렸다. 이제껏 보이지 않은 단호한 태도였다. 이전보다 냄새가 훨씬 강해진 듯, 토비는 코를 땅에 박지도 않고 목줄을 팽팽하게 당기면서 뛰쳐나가려 했다. 홈즈의 번뜩이는 눈빛을 볼 때 추적의 끝에 다가왔다고 생각하는 걸 알 수 있었다.

이제 우리는 나인 엘름스를 달려가다가, 화이트 이글 선술집을 지나 브로더릭과 넬슨의 넓은 목재소에 이르렀다. 여기서 토비는 흥분해서 날뛰면서, 옆문을 지나 울타리로 들어갔다. 인부들이 벌써 톱질을 하고 있었다. 토비는 톱밥과 나무 부스러기를 밟으며 통로를 달려서, 양옆으로 목재가 쌓인 틈을 지났다. 마침내 개가 의기양양하게 짖으면서, 손수레에 담긴 큰 통으로 뛰어올랐다. 토비는 통에 올라 혀를 빼물고 눈을 끔뻑거리면서, 칭찬을 기다리는 듯 이리저리 보았다. 나무통의 널조각과 수레바퀴에 검은 액체가 스며들었고, 사방에 크레오소트 냄새가 진동했다.

셜록 홈즈와 나는 멍하니 서로 쳐다보다가, 동시에 미친 듯이 웃어댔다.

8. 베이커 가의 비선 수사대

"이제 어쩌지? 토비의 백발백중이라는 유명세가 무색해졌군."

내가 말했다.

"토비는 본능에 따라서 움직인 걸세."

홈즈가 통에서 개를 내리고 목재소를 나오면서 대답했다. 그가 말을 이었다.

"하루에 런던 주변에서 얼마나 많은 크레오소트가 운반되는지 고려하면, 우리의 추적 코스가 엇갈렸는데도 그리 놀랄 일은 아니지. 딱한 토비의 잘못이 아니라네."

"다시 냄새를 추적해야 될 것 같은데."

"맞아. 그리고 다행히 멀리 갈 필요가 없네. 나이트 팰리스 모퉁이에서 개가 당황한 것은 반대방향으로 난 두 갈래 길이었음이 틀림없네. 우린 엉뚱한 길로 온 거야. 다른 길을 따라갈 일만 남은 거지."

여기엔 어려움이 없었다. 아까 실수한 곳으로 데려가니 토비는 주위를 빙글빙글 돌다가 결국 새 방향으로 쏜살같이 달렸다.

"이제 개가 크레오소트 통이 원래 있던 곳으로 안내하지 않도록 우리가 주의해야겠군."

내가 말했다.

"나도 그 생각을 했지. 하지만 토비가 계속 인도로 가고 있고, 통은 차도로 운반됐다는 점을 명심하게. 됐네, 지금 우린 맞는 냄새를 따라가는 걸세."

강변을 향해 내려가면서 벨몬트 플레이스와 프린스 가를 지나갔다. 브로드 가의 끝에서 곧장 물가가 이어졌고, 거기 작은 나무 선창가가 있었다. 토비는 우리를 바로 이 선창의 가장자리로 데려가더니, 거기 서서 낑낑대면서 뒤의 검은 물살을 내다보았다.

홈즈가 말했다.

"우리가 운이 없군. 그들은 여기서 배를 타고 떠났네."

나룻배와 작은 배 몇 척이 물 위와 선창 주변에 있었다. 우리는 토비를 차례로 배 주위를 돌게 했고, 개는 열심히 냄새를 맡았지만 신호를 하지 않았다.

조잡한 부잔교 근처에 작은 벽돌집이 있고, 창문에 나무 간판이 매달려 있었다. '모데카이 스미스'라는 큰 글씨 밑에 '시간당 혹은 일당 배 대여'라고 적혀 있었다. 문 위쪽 안내판에 증기 기동선도 보유 중으로 되어있었다. 선창가에 코크스석탄이 잔뜩 쌓인 것으로 볼 때 사실이었다. 셜록 홈즈는 주변을 천천히 둘러보면서 불길한 표정을 지었다.

그가 말했다.

"이거, 상황이 안 좋아 보이는군. 이 자들은 내 예상보다 똑똑해. 탈주로를 은폐한 것 같네. 사전에 이곳에 준비를 다 해뒀나 보군."

그가 벽돌집의 현관으로 다가가는 순간 문이 열리더니, 여섯 살쯤 된 곱슬머리 사내애가 뛰어나왔다. 그 뒤로 튼실한 빨간 얼굴의 여인이 스펀지를 손에 쥐고 쫓아 나왔다.

그녀가 소리쳤다.

"이리 와서 씻어야지, 잭. 이리 와, 이 말썽꾸러기. 네 아버지가 집에 와서 이런 네 꼴을 보고 얼마나 잔소리를 하겠니."

홈즈가 요령있게 끼어들었다.

"귀여운 꼬마군요. 뺨이 발그레한 장난꾸러기네! 잭, 갖고 싶은 게 있니?"

아이는 잠깐 궁리했다.

"1실링이요."

잭이 말했다.

"더 좋은 건 없고?"

"2실링이면 더 좋아요."

아이가 얼른 생각하고 대답했다.

"그러면 여기 있다! 받아라! 예쁜 아이군요, 스미스 부인."

"이거 어떡하죠, 손님! 애가 예쁜데 버릇이 없지요. 제가 감당하기 힘들답니다, 특히 애 아버지가 며칠씩 집을 비우면요."

"바깥분이 출타 중입니까? 참 유감스럽군요. 스미스 씨랑 할 말이 있어서 찾아왔는데요."

홈즈가 실망한 목소리로 말했다.

"그 양반은 어제 아침에 나가서 안 돌아왔어요. 솔직히 말하면 남편이 걱정되기 시작하네요. 하지만 배 때문에 그러시면 제가 도와드릴 수 있는데요."

"증기 기동선을 대여하고 싶었습니다만."

"어머나, 그 양반이 바로 그 배를 타고 나갔거든요. 그게 참 알쏭달쏭하단 말이에요. 배에는 울위치에 다녀올 만한 분량의 석탄밖에 없는 걸 제가 알거든요. 그이가 거룻배를 타고 나갔다면 미심쩍지 않을 거예요. 일 때문에 그레이브샌드까지 간 적이 많고, 거기서 볼 일이 많으면 자고 오기도 하니까요. 그런데 석탄도 없는데 증기 기동선이 무슨 소용일까요?"

"어느 강변 선창에서 석탄을 샀겠지요."

"그랬을지는 몰라도 보통은 안 그러거든요. 석탄 몇 포대를 얼마나 비싸게 파는지 여러 번 불평을 늘어놓았어요. 게다가 그 나무 의족 사내가 마음에 걸리네요. 흉한 얼굴하며 기이한 말투하며. 뭣 때문에 늘 이 근처를 헤매고 다니는지 모르겠다니까요?"

"나무 의족 사내요?"

홈즈가 의아하다는 투로 물었다.

"네, 피부가 검고 얼굴이 원숭이상인 남잔데 바깥양반을 찾아 두어 번 여기 왔죠. 어젯밤에 그이를 깨운 것도 그 사람이었고, 더구나 남편은 그가 올 줄 알고 있었어요. 배에 석탄을 때놓은 걸 보면 말이죠. 솔직히 말하자면, 그게 영 께름칙하네요."

홈즈가 대꾸했다.

"하지만 스미스 부인, 별일 아닌 걸로 걱정하시는군요. 한밤중에 온 사람이 나무 의족 사내라는 걸 어떻게 알 수 있었습니까? 어떻게 그렇게 확신할 수 있는지 모르겠군요."

"그의 목소리 때문이지요. 제가 그 사람의 목소리를 알거든요. 두껍고 걸걸한 소리에요. 그가 창문을 두드렸어요. 세 시쯤일 거예요. '일어나쇼, 형씨, 일을 시작할 때요'라고 말하더군요. 그러자 바깥양반이 맏아들 짐을 깨웠고, 둘은 저한테 말 한 마디 없이 나갔어요. 의족이 돌바닥에 닿는 또각또각 소리가 들렸어요."

"그러면 의족 사내는 혼자 왔습니까?"

"그건 제가 알 수 없지요. 다른 사람 소리는 못 들었는데요."

"증기 기동선을 빌리고 싶었는데 아쉽게 되었군요, 스미스 부인. 워낙 배의 평판이 좋아서요. 가만있자 배 이름이 뭐더라?"

"오로라 호예요."

"맞아! 선체가 무척 넓고 노란 줄이 있는 초록색 배가 아닌가요?"

"그렇지 않아요. 강에서 가장 날렵한 소형 배지요. 새로 칠해서 검정 바탕에 빨간 두 줄이 있답니다."

"감사합니다. 곧 스미스 씨의 기별이 오면 좋겠군요. 강을 내려가다가 혹시 오로라 같은 배를 보면, 부인이 걱정하신다고 전해드리지요. 배 굴뚝이 검은 색인가요?"

"아뇨. 검정 바탕에 흰 줄이 있어요."

"아, 그렇군요. 양쪽 측면이 검정색이었지요. 안녕히 계십시오, 스미스 부인. 여기 나룻배를 가진 사공이 있군, 왓슨. 우린 그 배를 타고 강을 건너세."

나룻배에 앉자 홈즈가 내게 말했다.

"저런 부류를 상대할 때는, 그 사람이 아는 내용이 내게 전혀 중요하지 않은 척 해야 되네. 내게 중요한 정보다 싶으면 그런 사람들은 이내 입을 다물거든. 말하자면 마지못해 수다를 들어주는 척 해야지만, 내가 원하는 정보를 얻을 수 있지."

"이제 우리가 가야 될 길이 아주 명확한 것 같은데."

내가 말했다.

"그럼 자네라면 어떻게 하겠나?"

"나라면 큰 배를 타고 강을 내려가면서 오로라호를 추적하겠네."

"이 친구야, 그건 엄청나게 어려운 일일 걸세. 그 배가 여기서 그리니치에 이르는 강 양쪽의 어느 선창에 멈추어 있을지도 모르지. 다리 밑에 있는 선창들은 수 킬로미터에 달하는 미로와 다름없다네. 혼자서 그 선창들을 다 조사하려면 며칠이 걸릴 걸세."

"그러면 경찰을 끌어들이게."

"아니지. 애설니 존스를 마지막 순간에 불러들일 참이야. 그가 나쁜 사람은 아니니, 경찰직에 해가 될 만한 일에 끌어들이고 싶지 않네. 이제 여기까지 왔으니 내가 직접 처리할 생각이네."

"그러면 선창 주인들에게 정보를 구하는 광고를 내면 될까?"

"점입가경이로군! 그러면 범인들은 바짝 쫓기는 줄 알 테고, 이 나라를 빠져나가려 할 걸세. 실은 얼마든지 떠날 수 있지만, 아무 일 없이 안전하다고 느끼면 서두르지 않을 거야. 그 대목에서 존스가 설치는 게 우리에게 도움이 될 걸세. 그는 이 사건을 보는 관점에 따라서 매일같이 밀어붙일 테고, 도망자들은 모든 수사력이 엉뚱한 곳을 캐는 데 쏠렸다고 믿을 테니까."

"그러면 우린 뭘 하는 거지?"

밀뱅크 교도소 인근에서 배에서 내리면서 내가 물었다.

"이 마차를 잡아타고 집으로 달려가서, 조반을 들고 한 시간 쯤 눈을 붙이세. 오늘 밤에 다시 출동하게 될 것 같네. 전신국에 서 세워주시오, 마부! 아직 쓸모 있을지 모르니 토비는 우리가 데려가세."

우린 그레이트 피터 가의 우체국에서 내렸고, 홈즈가 전보를 쳤다.

"누구한테 전보를 보냈을 거라 생각하나?"

"전혀 모르겠네."

"제퍼슨 호프 사건 때 내가 동원한 '베이커 가 경찰국'을 기억하나?"

"그럼."

내가 웃으면서 대꾸했다.

"이 사건은 그들이 귀하게 쓰일 만한 일이네. 아이들이 실패할 경우 다른 대비책이 있지만, 먼저 그들을 동원할 작정이네. 전보의 수취인은 꾀죄죄한 꼬마 경위 위긴스라네. 우리가 아침 식사를 마치기도 전에 위긴스와 조무래기들이 찾아올 걸세."

이제 오전 8시에서 9시 사이였고, 연이어 흥분해서 밤을 보낸 후폭풍이 내게 심하게 밀려왔다. 기운이 빠지고 지쳤고, 정신이 멍하고 몸이 나른했다. 내게는 홈즈 같은 직업적인 열정이 없었고, 이 사건을 추상적인 지적 문제로만 볼 수도 없었다. 바르돌로뮤 숄토의 죽음으로 말하자면, 그를 좋게 말하는 평이 없어서 살인범들에게 딱히 강한 반감은 없었다. 하지만 보석은 다른 문제였다. 보석은, 혹은 보석의 일부는 모르스탄 양의 소유였다. 보석을 되찾을 가망성이 있는 한, 그 한 가지 목적에 내 목숨을 바칠 준비가 되었다. 사실 내가 보석을 찾으면, 그녀는 영영 내 손이 닿지 않는 곳에 있을 터였다. 하지만 이런 사심 때문에 수사에 영향을 준다면, 이것이야말로 쩨쩨하고 이기적인 사랑이리라. 홈즈는 범인들을 찾으려고 노력했지만, 보석을 찾으려는 내 욕망은 그보다 열 배쯤 더 강했다.

베이커 가에 도착해서 목욕을 하고 옷을 갈아입으니, 놀랍도록 기운이 났다. 방으로 내려가니 아침식사가 차려지고, 홈즈는 커피를 따르고 있었다.

그가 웃으면서, 펼쳐진 신문을 손짓하며 말했다.

"여기 나왔군. 열혈 존스 형사와 어디든 끼어드는 기자가 자기들끼리 입을 맞췄군. 하지만 자네는 사건에 대해 충분히 알고 있지. 먼저 햄이랑 달걀을 먹는 게 나을 걸세."

나는 그에게 신문을 받아서 긴급 기사를 읽었다. 기사 제목은 '어퍼 노우드에서 발생한 기묘한 사건'이었다.

지난 밤 12시경 ('스탠더드' 지에 따르면) 어퍼 노우드의 폰디체리 로지에 거주하는 바르돌로뮤 숄토가 자택에서 살인의 정황 속에서 사망한 채로 발견되었다. 우리가 파악한 바로는 숄토의 시신에서 실제 폭력의 흔적은 나오지 않았지만, 피해자가 부친에게 상속받은 고가의 인도산 보석들이 사라졌다. 고인의 형제인 사디어스 숄토와 함께 그 집을 방문한 셜록 홈즈와 닥터 왓슨이 시신을 처음 발견했다. 천만다행으로 저명한 경찰관인 애설니 존스 수사관이 당시 노우드 경찰서에 있었기에, 첫 신고가 접수되고 반시간 만에 현장에 도착했다. 그는 훈련과 경험에 따른 능력을 발휘해서 범인 검거에 나섰고, 동생인 사디어스 숄토의 범행이라는 만족한 결과를 얻었다. 범인은 가정부 번스톤 부인, 인도인 집사 랄 라오, 사환이나 문지기인 맥머도와 함께 이미 체포되었다. 단독 범행이든 공동 범행이든 도둑들은 집안 사정을 잘 알았음이 분명하다. 존스 수사관은 저명한 수사 기법 지식과 세밀한 관찰력 덕분에, 범인들이 문이나 창으로 들어올 수 없었고 지붕을 지나 시신 발견 장소와 통하는 뚜껑 문으로 잠입했다고 결론내릴 수 있었다. 상당히 명확한 이 사실이 단순 도난 사건이 아니라는 결정적인 증거다. 수사관의 신속하고 패기 넘치는 조치는, 이런 사건들에 열정과 뛰어난 두뇌의 소유자가 투입되는 게 얼마나 득이 되는지 보여준다. 수사관들이 더 분산되어, 수사해야 되는 사건들을 더 밀착해서 효율적으로 처리하기 바라는 이들의 주장에 힘이 실린다고 생각된다.

"멋지지 않나? 기사를 어떻게 생각하나?"

홈즈가 커피 잔을 들고 씩 웃으면서 물었다.

"우리가 범인으로 체포되기 일보직전까지 갔다는 생각이 드는군."

"동감이네. 이제 그가 또 다른 패기를 발휘한다면, 우리의 안전을 장담 못 하겠네."

바로 이때 요란한 벨소리가 났고, 하숙집 주인인 허드슨 부인이 언성을 높여 훈계와 푸념하는 소리가 들렸다.

내가 엉거주춤 일어나면서 말했다.

"이럴 수가, 홈즈. 정말 경찰이 우릴 잡으러 왔나 보네."

"아니, 그런 나쁜 일은 아닐세. 비공식 수사대지. 베이커 가 비선 수사대!"

그가 말을 마치자, 맨발로 사뿐사뿐 계단을 오르면서 목청껏 떠드는 소리가 나더니, 너저분한 넝마를 걸친 부랑아 대여섯이 성큼 들어섰다. 시끌벅적하게 몰려서 들어왔지만 저희끼리 위계가 있는지, 곧 한 줄로 서더니 기대하는 표정으로 우릴 마주 보았다. 그 중 가장 키가 크고 나이 많은 아이가 앞으로 나왔다. 그런 불량한 조무래기들 속에서 느긋하게 우월감을 풍기는 품이 무척 우스꽝스러웠다.

소년이 말했다.

"전갈을 받고 즉시 아이들을 소집했습니다. 비용은 3실링 6펜스고요."

홈즈가 은화를 꺼내면서 말했다.

"여기 있다. 앞으로 아이들은 위긴스 너에게 보고하고 네가 나한테 보고하면 된다. 이런 식으로 집에 들이닥치게 할 순 없지. 하지만 지시 사항들은 너희 모두 듣는 게 좋겠구나. 증기 기동선 '오로라'의 소재를 파악해주길 바란다. 선주 이름은 모데카이 스미스, 선체는 빨간 줄 두 개가 그려진 검정색, 굴뚝은 흰띠가 있는 검정색이다. 배는 강 어딘가에 있다. 한 사람은 밀뱅크 맞은편, 모데카이 스미스의 선창을 지키면서 배가 돌아오는지 살피기 바란다. 인원을 둘로 나눠 강 양쪽의 선창들을 완전히 훑어야 될 거야. 소식이 들어오는 즉시 내게 알리도록. 똑똑히 알아들었나?"

"네, 대장님."

위긴스가 대답했다.

"보수는 예전과 같고 배를 발견하는 사람한테 금화 한 닢을 주겠다. 여기 하루치 일당을 미리 주지. 이제 가보도록!"

홈즈가 각각 1실링씩 나눠주자, 아이들은 바람같이 계단을 내려갔다. 잠시 후 나는 그들이 몰려서 거리를 따라 내려가는 모습을 보았다.

홈즈가 탁자에서 일어나 파이프에 불을 붙이면서 말했다.

"배가 강에 떠 있다면 아이들이 찾을 걸세. 저들은 어디든 쑤시고 다니면서 온갖 소식을 접하고, 사람들의 말을 엿들을 줄 알거든. 저녁 전에 배를 봤다는 전갈이 오리라 예상하네. 그때까지 우린 결과를 기다리는 것 외에 아무 것도 할 수가 없지. 오로라 호나 모데카이 스미스를 찾아야 끊긴 추적의 끈을 이을 수 있으니까."

"남은 음식은 토비를 먹이면 되겠군. 한숨 잘 텐가, 홈즈?"

"아니, 난 고단하지 않네. 난 묘한 체질을 가졌지. 한가하면 완전히 늘어지지만, 일 때문에 피로감을 느낀 기억은 없거든. 난 담배를 피우면서, 아름다운 의뢰인이 떠맡긴 이 요상한 사건에 대해 고민하겠네. 나무 의족을 한 사람은 그리 흔치 않지만, 그의 공범은 정말 독특한 인물임이 분명할 거야."

"또 공범 얘긴가?"

"아무튼 자네가 그 자를 신비의 인물로 보게 하긴 싫네. 하지만 분명히 자네 나름의 견해가 생겼겠지. 이제 드러난 사실들을 따져보게. 작은 족적들, 신발을 신지 않은 맨발, 끝에 돌이 박힌 막대기, 엄청난 민첩성, 작은 독화살. 이 모든 걸 합하면 뭐가 되나?"

"야만족인가? 어쩌면 조나선 스몰과 공범인 인도인들 중 한 명이겠군."

내가 대답했다.

홈즈가 말했다.

"그건 아닐 거야. 처음 이상스런 무기들을 봤을 때는 그렇게 생각하고 싶었지만, 족적의 독특한 특징 때문에 판단을 재고하게 되었지. 인도 반도의 일부 주민들은 체구가 작지만 그런 흔적을 남기진 못했을 걸세. 힌두인들은 길고 얇은 발을 가졌지. 샌들을 신는 회교도들은 엄지발가락과 나머지 발가락들 사이가 벌어져 있네. 보통은 가죽 끈이 그 사이로 지나가니까. 또 이 작은 화살들은 한쪽 방향만 쏠 수 있네. 대롱으로 불어서 쏘니까. 그러면 이 야만인을 어디서 찾을 수 있을까?"

"남아메리카."

내가 의견을 말했다.

홈즈는 서가에 손을 뻗어 두툼한 책을 빼냈다.

"이건 현재 출간되는 지명사전의 제1권일세. 가장 최근의 자료로 봐도 무방할 거야. 우리가 보고 있는 이곳이 어디지?"

안다만 제도, 벵골 만의 수마트라에서 북쪽으로 547킬로미터 지점

"흠! 흠! 이게 다 뭐야? 습한 풍토, 산호초, 상어, 포트블레어*, 교도소, 러틀랜드 섬, 미루나무……, 아! 여기 있네!"

일부 고고학자들은 지구상에서 가장 왜소한 종족으로 아프리카의 부시맨, 아메리카의 디거 인디언, 푸에고 섬 사람들을 꼽는다. 하지만 안다만 제도의 원주민들은 자신들이라고 주장할 것이다. 그들의 평균 신장은 1.2미터보다 작고, 또한 이보다도 훨씬 작은 성인들을 많이 볼 수 있다. 이들은 사납고 시무룩하고 고집스런 종족이다. 하지만 일단 신뢰가 생기면, 가장 헌신적인 우정을 쌓을 수도 있다.

"그 부분을 눈여겨보게, 왓슨. 그러면 이제 이 대목을 잘 들어봐."

그들은 흉측한 외모를 타고 났다. 크고 흉한 두상, 매서운 작은 눈, 뒤틀린 이목구비를 가진다. 하지만 손발은 유난히 작다. 워낙 완고하고 사나운 종족이어서, 영국 관리들은 갖은 노력을 기울이고도 전혀 환심을 사지 못 했다. 그들은 난파선 선원들에게 늘 공포의 대상이어서, 돌이 박힌 곤봉으로 생존자들을 후려갈기거나 독화살을 쏜다. 이런 대량학살은 반드시 식인 잔치로 마무리된다.

---

* 안다만 니코바르제도의 항구도시이다.

"착하고 다정한 종족이구먼, 왓슨! 이 자가 무기를 잃어버리지 않고 소지했다면, 이번 사건이 훨씬 무시무시해졌겠군. 상황을 보아하니 조나선 스몰이 그를 끌어들인 걸 크게 후회하게 생겼네."

"한데 어쩌다 그런 특이한 자를 대동하게 됐을까?"

"흠, 그건 내가 말할 수 있는 부분이 아니지. 하지만 이미 스몰이 안다만 제도에서 왔다고 결론 내렸으니, 이 섬사람이 같이 있는 것도 그리 놀랍진 않네. 시간이 지나면, 분명히 이 상황에 대해 전부 알게 될 걸세. 이보게, 왓슨. 무척 지쳐 보이네. 저기 소파에 눕게. 내가 자네를 재울 수 있는지 보자고."

홈즈가 구석에서 바이올린을 꺼내 들었고, 내가 반듯하게 눕자 그는 낮고 몽환적인 선율을 연주하기 시작했다. 분명히 그가 지은 곡이었다. 홈즈는 즉흥적으로 작곡하는 능력이 뛰어났다. 가는 팔다리와 진지한 얼굴, 오르락내리락하는 활의 움직임이 얼핏 기억난다. 부드러운 소리의 바다 위를 평온하게 떠다니다가 꿈나라로 빠져들었다. 거기서 메리 모르스탄의 다정한 얼굴이 나를 내려다보고 있었다.

9. 빠진 고리

오후 느지막이 깨니 원기를 회복해서 상쾌했다. 홈즈는 바이올린만 치웠을 뿐, 내가 잠들 때처럼 가만히 앉아 독서에 몰두했다. 내가 뒤척이자 그가 쳐다보았고, 고민하는 어두운 얼굴이 내 눈에 들어왔다.

셜록이 말했다.

"곤히 자더군. 우리 대화가 자네를 깨울까 염려했네."

내가 대답했다.

"아무 소리도 못 들었는데. 그럼 새로운 소식이 있나?"

"안타깝게도 없네. 고백하건대 놀랍고 실망스럽네. 지금쯤은 확실한 소식을 들을 거라고 기대했거든. 방금 위긴스가 올라와서 보고했네. 그의 말로는 배의 자취가 오리무중이라네. 시시각각 중요한 상황인데 답답한 장애에 막혔군."

"내가 뭘 하면 되겠나? 이제 기운이 쌩쌩하니 또 다시 밤 외출을 할 채비가 됐는데."

"아닐세, 우리! 아무 일도 할 수가 없네. 그저 기다릴 수밖에. 우리가 외출해서 집을 비운 사이 전갈이 오면 일이 지체될 거야. 자넨 뭐든 해도 좋지만, 난 남아서 대기해야 해."

"그러면 나는 캠버웰에 달려가서 세실 포레스터 부인을 찾아가야겠네. 어제 방문해달라는 부탁을 받았거든."

"세실 포레스터 부인을?"

홈즈가 웃음기 가득한 눈빛으로 물었다.

"응, 당연히 모르스탄 양도. 그들이 어떻게 됐는지 듣고 싶어 했어."

"나라면 너무 상세히 말하지 않겠네. 여자들은 완전히 믿을 만한 존재가 아니거든. 아무리 좋은 여자라고 해도."

홈즈가 말했다.

나는 이 지독한 편견에 대해 언쟁할 틈이 없었다.

내가 대꾸했다.

"한두 시간 후에 돌아오겠네."

"알았네! 행운을 비네! 그런데 강을 건너면서 토비를 돌려주면 좋겠는데. 당장은 토비를 쓸 일이 없을 것 같군."

나는 홈즈가 시키는 대로 개를 데리고 가서, 핀친 레인의 박제사에게 돌려주었다. 노인에게 반 파운드짜리 금화 한 닢을 쥐어주었다. 캠버웰에 가보니 모르스탄 양은 지난밤 사건들을 겪은 후라 지친 상태였지만 무척 소식을 궁금해 했다. 포레스터 부인도 잔뜩 호기심을 보였다. 나는 우리가 한 일을 말해주면서도 비극적인 사건에서 유독 끔찍한 대목은 건너뛰었다. 그래서 숄토 씨의 죽음에 대해 말하면서도 정확한 살해 방식과 도구는 언급하지 않았다. 하지만 그런 부분을 피해서 설명했는데도 그들은 몹시 충격 받고 놀랐다.

포레스터 부인이 소리쳤다.

"이건 중세 기사소설인가요? 상처 입은 숙녀, 50만 파운드에 달하는 보물, 무시무시한 식인 관습, 나무 의족의 악당…… 늘 등장하는 용이나 사악한 백작 대신 그런 것들이 나오네요."

"의협심이 강한 기사 두 명이 구조에 나서고요."

모르스탄 양이 내게 반짝이는 눈빛을 던지면서 맞장구쳤다.

"아이고, 메리. 큰 재산이 이 범인 추적에 달려 있잖아. 그런데도 별로 흥분되지 않나보네. 그렇게 부유해져서 천하를 발아래 두고 살면 어떨지 상상해 보라고."

모르스탄 양이 그 일에 들떠 보이지 않자, 내 마음이 설레었다. 오히려 그녀는 별 관심 없는 듯 자존심 강하게 머리를 젖혔다.

모르스탄 양이 말했다.

"저는 사디어스 숄토 씨 때문에 불안해요. 그 외에 다른 것은 중요하지 않아요. 그분이 시종일관 정말 친절하고 정직하게 대해 주었다고 생각해요. 끔찍하고 근거 없는 누명을 벗겨주는 게 우리의 의무죠."

나는 저녁이 되기 전에 캠버웰을 떠나 제법 어두워져서야 집에 돌아왔다. 홈즈의 책과 파이프는 의자 옆에 놓여있었지만, 그는 보이지 않았다. 메모를 남겼을까 해서 두리번댔지만 찾지 못 했다.

허드슨 부인이 창의 블라인드를 치러 올라오자 내가 말했다.

"셜록이 외출했나 봅니다."

"아닌데. 그는 자기 방에 들어 갔다우. 아시다시피……."

그녀가 속삭이듯 소리를 낮춰서 말을 이었다.

"그의 건강이 염려돼요."

"어째서요, 허드슨 부인?"

"저기, 그가 너무 이상하거든. 닥터 왓슨이 나간 후, 그가 왔다 갔다 하는 통에 들리는 발소리에 질려버렸다우. 그러더니 그는 혼잣말로 주절주절 댔고, 벨이 울릴 때마다 계단 끝에 나와서 '무슨 일입니까, 허드슨 부인?'이라고 소리쳤지. 그런데 이제 방에 콕 박혀 있지만, 아까랑 똑같이 발소리가 들린다니까. 홈즈 씨가 병이 난 게 아니면 좋겠는데. 해열제를 먹어 보라고 권했지. 그가 사양하면서 얼마나 이상하게 쳐다보던지, 내가 어떻게 방에서 나왔는지 모르겠어."

내가 대꾸했다.

"왜 그리 꺼림칙해 하시는지 모르겠네요, 허드슨 부인. 저는 홈즈가 이러는 것을 전에도 봤습니다. 마음속의 작은 문제 때문에 안절부절 못 하는 겁니다."

친절한 하숙집 주인에게 가볍게 말하려고 애썼지만, 긴 밤 내내 그의 둔탁한 발소리를 들으면서 석연찮았다. 내키지 않는 권태감이 그의 예민한 신경을 자극한다는 것을 나는 알았다.

아침 식사를 할 때 그는 지치고 초췌해 보였고, 뺨에 열 기운이 돌았다.

내가 말했다.

"자네, 그러다 몸 상하겠어. 밤중에 왔다 갔다 하는 소리를 들었네."

"음, 잠을 잘 수가 없었네. 이 극악무도한 사건이 내 기운을 쭉 빼는군. 아주 사소한 장애가 발목을 붙잡는 게 거북하네. 범인들이며 배며 모든 걸 아는데, 아직 아무 소식도 못 듣고 있네. 다른 노선을 가동시켰고 동원 가능한 모든 수단을 썼어. 강 전체의 양쪽을 뒤졌지만 아무 소식이 없고, 스미스 부인도 남편 소식을 듣지 못 했네. 곧 그들이 이미 배를 타고 달아났다는 결론을 내려야겠지. 그런데 거기에 걸리는 점들이 있네."

"혹은 스미스 부인이 우리의 시선을 엉뚱한 데로 돌렸거나."

"아니, 그것은 고려하지 않아도 될 거야. 내가 조사를 해봤고 그런 모양의 배가 있네."

"배가 강 상류로 올라갔을 가능성도 있을까?"

"그 가능성도 염두에 두고, 수색조를 동원해 리치몬드까지 상류를 뒤지는 중이네. 오늘 아무 소식도 없으면, 내일은 내가 직접 출동해서 배보다는 그 자들을 찾아보려 하네. 하지만 분명히, 분명히 무슨 소식이든 듣게 되겠지."

하지만 우린 아무 소식도 못 들었다. 위긴스에게도, 다른 수색원에게도 기별이 없었다. 대부분의 일간지에 노우드 비극을 다룬 기사가 실렸다. 하나같이 불운한 사디어스 숄토에게 적대적인 것 같았다. 하지만 어떤 기사에도 다음 날 검시가 있다는 소식 외에 새로운 세부 사실은 등장하지 않았다. 저녁에 챔버웰에 걸어가서 숙녀들에게 수사 실패 소식을 알려주고 집에 돌아오니, 홈즈는 낙담해서 좀 시무룩해 보였다. 그는 내 질문에 좀처럼 대꾸하지 않으려 했고, 저녁 내내 복잡한 화학 실험에 몰두했다. 증류기를 많이 가열해서 증기를 추출했고, 결국 독한 냄새 때문에 나는 방에 있을 수가 없었다. 한밤중에도 시험관이 달그락대는 소리가 들렸고, 홈즈가 아직도 악취 나는 실험을 한다는 걸 알았다.

이른 새벽에 화들짝 놀라서 깨니, 내 침대 옆에 셜록 홈즈가 서 있었다. 그는 피재킷*을 입고 촌스런 빨간 머플러를 목에 두른 허름한 선원 행색이었다.

홈즈가 말했다.

"난 강을 따라 내려갈 참이네, 왓슨. 머릿속으로 거듭 짚어봤는데, 강에서 빠져나갈 길을 딱 하나밖에 모르겠어. 어떤 일을 겪더라도 시험해볼 가치가 있네."

"그러면 물론 나도 같이 가도 되겠지?"

내가 물었다.

"아닐세, 자네가 내 대신 여기 남는 게 훨씬 도움이 될 수 있을 거야. 난 나가는 게 꺼려지네. 어젯밤에 위긴스는 비관적이었지만, 그래도 오늘은 무슨 전갈이 올 것 같거든. 자네가 모든 편지와 전보를 열어보고, 무슨 소식이 오던지 알아서 판단해 조치를 취해주게. 부탁해도 되겠나?"

"물론이지."

"내게 전보를 보내지 못할 걸세. 내가 어디 있을지 아직 알수가 없거든. 하지만 운이 좋다면 얼마 지나지 않아 돌아올 거야. 이래저래 귀가 전에 소식을 얻겠지."

아침식사 때까지도 홈즈에게 아무 기별도 없었다. 하지만

---

* 수병 등이 입는 두꺼운 모직 더블코트이다.

'스탠더드'지를 펼치니, 새롭게 사건을 다룬 기사가 있었다.

어퍼 노우드 비극과 관련해서, 사건이 당초 예상보다 훨씬 복잡하고 미묘해지리라고 믿을 만한 이유가 있다. 새로 나온 증거는 사디어스 숄토가 어떤 식으로든 사건에 연루되기가 불가능했음을 보여준다. 그와 가정부 번스톤 부인, 두 사람은 엊저녁 석방되었다. 하지만 경찰은 진범들에 대한 단서를 확보했으며, 기백과 명석함으로 유명한 경시청의 애설니 존스가 수사를 총괄한다고 알려져 있다. 곧 범인들이 검거되리라 예상된다.

'지금까지는 만족스럽군. 아무튼 숄토 그 친구가 무사하니까. 어떤 새 단서가 나왔는지 궁금하네. 하긴 경찰은 헛다리를 짚을 때마다 그렇게 둘러대지만.' 내가 생각했다.

신문을 탁자에 내려놨을 때, 개인 광고란의 광고문 하나가 눈에 들어왔다. 이런 내용이었다.

실종 – 선주인 모데카이 스미스와 아들 짐은 지난 화요일 새벽 3시경, 검은 선체에 빨간 줄 두 개, 그리고 검은 굴뚝에 흰 띠가 그려진 증기 기동선 '오로라'호를 타고 스미스의 선창을 떠남. 위의 모데카이 스미스와 증기선 '오로라'와 관련해서

스미스 선창가의 스미스 부인이나 베이커 가 221B로 정보를
제공할 수 있는 분에게 5파운드를 사례하겠음.

틀림없이 홈즈가 낸 광고였다. 베이커 가 주소가 그 증거가
되고도 남았다. 재치 있는 조치라는 생각이 들었다. 도망자들은
남편이 사라지자 부인이 당연히 불안해서 한 일로 볼 테니까.

지루한 하루였다. 문을 두드리거나 거리에서 타박타박 발소
리가 들릴 때마다, 홈즈가 돌아오거나 그가 낸 광고를 보고 누
군가 찾아왔다고 짐작했다. 책을 읽으려 해도, 이상한 수사와
함께 우리가 추적 중인 어울리지 않는 불한당 한 쌍에게 생각
이 흩어졌다. 홈즈의 추리에 근본적인 문제가 있을 수도 있는
지 궁금했다. 혹시 그가 커다란 착각에 빠진 걸까? 명민하고 논
리적으로 사고하는 홈즈지만 엉뚱한 전제 위에서 엉뚱한 추리
를 했을 가능성은 없을까? 그가 틀린 적이 없다는 줄 알면서도,
예리한 논리력의 소유자도 가끔 속을 수도 있으니까. 그가 지
나치게 치밀한 추리를 하는 과정에서 실수를 범했다는 생각이
들었다. 더 단순하고 평범한 설명을 앞에 두고, 미묘하고 별난
이유를 선호하는 기질 때문이리라. 그런데 다른 한편으로 내
눈으로 증거를 봤었던 그의 추리 근거를 들어보았다. 묘한 상
황의 긴 고리를 돌아보자면, 여러 요소가 그 자체는 사소해도
모두 한 방향으로 향하고 있었다. 심지어 홈즈의 설명이 부정

확하대도 진짜 추론은 똑같이 기이하고 뜨악할 거라고 확신할 수밖에 없었다.

　오후 3시경, 요란한 벨소리가 나며 복도에서 권위적인 목소리가 들리더니, 놀랍게도 애설니 존스가 내 앞에 나타났다. 하지만 어퍼 노우드에서 당차게 수사를 지휘하던, 무뚝뚝하고 노련한 상식의 대가다운 태도가 전혀 아니었다. 시무룩한 표정이었고, 유순하며 심지어 미안해하는 태도였다.

존스 수사관이 말했다.

"안녕하시오, 박사. 잘 있었습니까. 셜록 홈즈 씨는 출타 중이라고 알고 있는데요."

"맞습니다. 언제 돌아올지 확실히 말씀드릴 수가 없군요. 하지만 기다리시겠다면 그렇게 하십시오. 저 의자에 앉아 시거 한 대 피우시지요."

"감사합니다. 얼마든지 기다리지요."

그는 말하면서 빨간 바탕에 흰 무늬가 있는 손수건으로 얼굴을 훔쳤다.

"위스키소다도 한 잔 드시렵니까?"

"저기, 반잔만 주십쇼. 이맘때는 굉장히 더운 데다, 염려되고 힘들게 하는 일이 아주 많군요. 내가 이 노우드 사건을 어떻게 추리하는지 아시죠?"

"설명하신 내용을 기억합니다."

"흠, 그걸 재고해야 되게 생겼소. 숄토 주변에 수사망을 촘촘히 쳤는데, 그가 가운데 난 구멍으로 빠져나갔거든. 그는 흔들리지 않는 알리바이를 증명할 수 있었어요. 그가 형의 방을 떠난 시간부터 누군가의 시야를 벗어난 적이 없었거든. 그러니 지붕에 올라가서 뚜껑 문으로 들어온 사람이 숄토였을 리가 없지요. 대단히 암담한 사건이고, 내 수사관 명성이 위태롭지 뭡니까. 약간의 도움을 얻는다면 정말 고맙겠소."

"누구나 때로 도움이 필요하지요."

내가 말했다.

존스가 쉰 목소리로 흥금을 터놓듯 말했다.

"친구인 셜록 홈즈 씨는 대단한 사람입니다. 도저히 이길 수 없는 사람이지요. 그 젊은이가 여러 사건을 다룬 걸 알지만, 제대로 밝히지 못한 사건은 본 적이 없소. 수사 방식이 변칙적이고 좀 성급하게 추리하는 면이 있지만, 전반적으로 볼 때 수사관이었다면 가장 전도유망했을 겁니다. 그건 분명한 사실이지요. 오늘 아침 홈즈 씨의 전보를 받고, 이 숄토 사건의 단서를 가졌다는 걸 알았소."

그는 주머니에서 전보를 꺼내서 내게 주었다. 12시에 포플라에서 보낸 전보였다.

즉시 베이커 가로 가시오. 그리고 내가 귀가 전이라면 기다리십시오. 숄토 범인 추적에 근접. 마지막 현장 입회 원할 시 오늘밤 우리와 동행 가능.

"희소식 같군요. 그가 다시 냄새를 맡았나봅니다."

내가 말했다.

"아, 그런데 그에게도 단점이 있지요."

존스는 고소하다는 투로 탄식했다. 그가 말을 이어갔다.

"가장 뛰어난 사람도 이따금 옆길로 새는 법. 물론 노파심으로 판명될지 몰라도, 법의 집행자로서 실수할 기회를 막을 의무가 있소이다. 그런데 누가 문에 와 있군요. 아마 홈즈 씨겠지요."

계단을 올라오는 무거운 발소리와 몹시 숨차서 씨근대고 헉헉대는 소리가 들렸다. 그 사람은 계단 오르기가 꽤 무리인 듯한두 번 멈추었지만, 마침내 우리 방으로 들어섰다. 우리가 들은 소리와 맞아떨어지는 모습이었다. 연로한 사내는 낡은 피재킷의 목까지 단추를 채운 뱃사람 복장이었다. 등이 구부정하고 무릎이 후들거렸고, 천식 환자처럼 힘들게 숨을 쉬었다. 그는 두꺼운 참나무 지팡이에 의지했고, 어깨를 들썩이며 심호흡을 크게 했다. 턱 밑에 두른 촌스런 색 목도리 때문에, 예리한 검은 눈과 덥수룩한 흰 눈썹, 긴 잿빛 구레나룻 말고는 얼굴이 보이지 않았다. 전반적으로 늙고 살림이 궁핍한, 연륜 있는 선장의 인상을 풍겼다.

내가 물었다.

"무슨 용무로 오셨습니까, 노인장?"

그는 노인답게 느릿느릿 주위를 두리번댔다.

"셜록 홈즈 씨 계시오?"

노인이 물었다.

"아니요. 하지만 제가 그를 대신해 일을 봅니다. 용건을 저한테 말하시면 됩니다."

"내가 말해줄 사람은 그 사람 뿐이오."

노인이 말했다.

"하지만 다시 말씀드리는데, 제가 대신 일처리를 하고 있습니다. 모데카이 스미스의 배와 관련된 일입니까?"

"그렇소. 배가 어디 있는지 내가 잘 압니다. 또 그가 찾는 사람들이 어디 있는지도 알고, 또 보물이 어디 있는지도 아오. 내가 모든 걸 알고 있소."

"그러면 저한테 말해주시면 제가 홈즈에게 전하지요."

"내가 말을 해주려고 찾아온 사람은 오직 그였소."

그는 늙은이답게 꼬장꼬장하게 되뇌었다.

"그럼 기다리셔야겠네요."

"아니, 아니요. 아무 성과도 없이 하루를 허송하지 않겠소. 홈즈 씨가 여기 없으면 그가 알아서 이 모든 걸 알아내야겠지. 난 당신들을 본 것에는 관심 없고 아무 말도 안 하겠소."

그가 다리를 질질 끌고 문으로 향했지만, 존스가 앞을 막았다. 수사관이 말했다.

"잠깐만요. 노인장은 중요한 정보를 갖고 있으니 그대로 가버리면 안 되지요. 노인장이 원하든 원치않든, 홈즈가 돌아올 때까지 우리가 모시고 있어야겠습니다."

노인은 문 쪽으로 뛰어갔지만 존스가 넓은 등짝으로 문을 막자 저항해도 소용없음을 깨달았다.

그가 지팡이를 탕탕 치면서 말했다.

"무슨 이런 대접이 있소? 나는 신사를 만나러 여기 왔는데, 생전 보도 못한 당신네 둘이 날 붙잡고 이따위로 취급하다니."

"그렇더라도 계셔야 됩니다. 축낸 시간은 저희가 보상하겠습니다. 여기 소파에 와서 앉으십시오. 오래 기다리시지 않아도 될 겁니다."

그가 심술 사납게 와서 앉아 양손으로 얼굴을 감쌌다. 존스와 나는 다시 시거를 피우면서 대화를 나누었다. 그런데 불쑥 홈즈의 목소리가 들렸다.

"나한테도 시거 한 대 권하지 그러나."

그가 말했다.

우리 둘 다 앉은 채로 깜짝 놀랐다. 홈즈가 아주 재미있다는 표정으로 우리 옆에 앉아 있었다.

내가 외쳤다.

"홈즈? 자네가 오다니! 그런데 노인은 어디 있지?"

그가 흰 머리를 벗으면서 말했다.

"노인은 여기 있지. 여기 그가 있네. 가발, 구레나룻, 눈썹까지 전부. 내 변장이 제법 그럴듯할 줄은 알았지만, 이런 시험을 통과할 줄은 미처 예상 못 했네."

"아, 우리를 속인 거요?"

존스가 무척 반색하며 소리쳤다. 그가 말을 이었다.

"당신은 배우가 됐으면 대배우가 됐겠군요. 그렇게 구제소 수용자처럼 기침을 해대고 무릎을 후들대는 실력이면 주급 10파운드는 받을 만하겠소. 하지만 그 번뜩이는 눈초리를 본 적 있다 싶었거든. 당신은 우리 손아귀에서 쉽게 빠져나가지 못 했소."

홈즈가 시거에 불을 붙이면서 말했다.

"종일 그 차림새로 일을 보고 다녔습니다. 나를 알아보기 시작한 범죄자들이 많아서 말입니다. 우리 친구가 내 사건의 일부를 책으로 내면서 특히 그렇지요. 그래서 이런 간단한 변장을 해야 누비고 다닐 수 있습니다. 내가 보낸 전보를 받았습니까?"

"그랬소. 그걸 받고 여기 찾아온 겁니다."

"수사 진행은 어떻게 되었습니까?"

"말짱 도루묵이 되고 말았소. 내가 잡은 범인 두 명을 풀어줘야 했고, 나머지 두 명에 대한 증거도 없소."

"신경 쓰지 마십시오. 저희가 그 대신 다른 두 명을 잡아드릴 테니까요. 하지만 내 지시대로 움직여주셔야겠습니다. 공식적인 공로는 다 가져가도 좋습니다만, 내가 지시하는 방침에 따라주셔야 됩니다. 그러겠다고 동의하시겠습니까?"

"범인들을 잡게 도와준다면 얼마든지."

"흠, 그러면 우선 빠른 경찰 배 한 척을, 말하자면 증기 기동선을 7시까지 웨스트민스터 다리 계단 부근에서 대기시키면 좋겠습니다."

"그건 쉽게 준비될 거요. 그 부근에 항상 배 한 척이 있으니까. 하지만 내가 길을 건너가서 전화를 걸어 확실히 해두겠소."

"그런 다음 저항할 경우에 대비해 건장한 장정 둘이 있으면 좋겠습니다."

"배에 두세 명 있을 거요. 그 외에?"

"범인들을 확보하면 우리 보물을 손에 넣을 겁니다. 여기 내 친구가 보석함을 절반의 소유권을 가진 아가씨에게 가져가고 싶을 겁니다. 그녀가 맨 먼저 궤짝을 열어볼 수 있도록 말이지요. 그렇지, 왓슨?"

"내겐 큰 기쁨이 될 걸세."

"좀 변칙적인 절차인데."

존스가 고개를 저으면서 중얼댔다. 그가 말을 이었다.

"하지만 상황 전체가 변칙적이니, 그 정도는 눈감아줘야 되겠지. 보석은 나중에 당국에 반납해서 공식 조사를 받아야 될 거요."

"물론입니다. 얼마든지 그렇게 하지요. 한 가지 다른 문제가 있습니다. 이 사건의 몇 가지 세부 사항을 조나선 스몰에게 직접 듣고 싶습니다. 내가 사건들을 조목조목 파고들기 좋아하는 것을 아시지요? 그를 비공식적으로 조사하는 걸 반대하지 않겠습니까? 여기 내 방이든 다른 장소든 조나선 스몰이 적절한 감시를 받는 상황에서라면 말이죠."

"흠, 이 상황의 칼자루는 당신이 쥐고 있잖소. 이 조나선 스몰이라는 인물이 존재한다는 증거도 난 아직 얻지 못했소. 하지만 당신이 그를 잡을 수만 있다면, 그 자를 비공식 조사하는 데 내가 어떻게 반대할 수 있겠어요."

"그러면 얘기가 된 겁니까?"

"확실해요. 또 다른 게 있소?"

"우리와 식사하자는 권유가 다입니다. 반시간이면 준비될 겁니다. 굴과 뇌조 한 쌍을 준비시키고 괜찮은 백포도주를 골라놓았거든요. 왓슨, 자네는 아직 내 야무진 살림 솜씨를 눈치 못 챘지."

10. 섬사람의 말로

　우리는 화기애애하게 식사했다. 홈즈는 마음이 동하면 청산유수로 말할 수 있었고, 그날 밤은 그러기로 작정한 듯 기분이 한껏 고무된 것 같았다. 나는 홈즈가 그렇게 활기찬 사람인 줄 몰랐다. 그는 연달아 기적극*, 중세 도자기, 스트라디바리우스 바이올린, 실론 불교, 미래의 전함 같은 화제들에 대해 이야기했다. 그의 빛나는 유머 감각이 이전 며칠간의 어두운 좌절감과 대비되어 두드러졌다. 알고 보니 애설니 존스는 쉴 때는 사교적이었고, 미식가의 면모를 보이며 음식을 대했다. 내 경우는 사건 해결의 끝이 가까웠다는 생각에 설레었고 홈즈의 들뜬 기

---

* 신자, 순교자의 기적을 다룬 중세극이다.

분을 간파했다. 식사 도중 어느 누구도 우리가 모인 이유를 입에 올리지 않았다.

식탁이 치워지자 홈즈는 회중시계를 힐끗 보면서 잔 세 개에 포트*를 따랐다.

그가 말했다.

"우리의 짧은 원정을 위해 한 잔 합시다. 이제 출발할 때가 됐습니다. 권총을 갖고 있나, 왓슨?"

"책상 속에 예전에 군에서 쓰던 총이 있네."

"그걸 챙겨 가는 게 낫겠네. 단단히 채비하는 게 좋겠지. 택시마차가 현관에 있군. 내가 6시 반에 오라고 했어."

7시가 조금 지나서 웨스트민스터 선창에 도착하니, 증기 기동선이 우리를 기다리고 있었다. 홈즈는 평가하듯 배를 살폈다.

"이 배가 경찰 선박으로 보일 무슨 특징이 있습니까?"

"있지요, 측면의 저 초록색 램프."

"그러면 그걸 떼어내십시오."

간단히 바꿀 부분을 손본 후 우린 배에 올랐고, 배의 밧줄이 풀렸다. 존스, 홈즈, 나는 선미에 앉았다. 선원 한 명이 키를 잡았고, 다른 한 명은 엔진을 검사했다. 건장한 경관 두 명이 앞쪽에 있었다.

---

* 포르투갈 원산의 단 맛이 나는 포도주이다.

"어디로 갈까요?"

존스가 물었다.

"런던탑으로. '제이콥슨 조선장'의 맞은편에 배를 대게 해주십시오."

우리 배는 확실히 빨랐다. 길게 늘어선 짐배들을 쏜살같이 지나칠 때는 그 배들이 멈춰 서 있는 듯이 느껴졌다. 증기선을 앞질러 저만치 따돌리자 홈즈가 흡족해서 미소 지었다.

"강에 있는 어떤 배도 따라잡을 수 있겠군요."

그가 말했다.

"글쎄, 그 정도는 아닐 거요. 하지만 우리보다 잘 달리는 증기 기동선은 그리 많지 않소."

"우리는 반드시 오로라호를 따라잡아야 합니다. 그 배는 쾌속선으로 정평이 나있지요. 내가 파악한 내용을 말해주지, 왓슨. 내가 아주 작은 일에 낙심해서 얼마나 까칠했는지 기억나나?"

"기억나네."

"그래, 난 화학적인 분석에 몰두하는 것으로 마음을 가라앉혔지. 가장 위대한 정치가들 중 한 명이 최고의 휴식은 일을 바꿔서 하는 것이라고 말했네. 난 탄화수소를 용해하는 작업에 매달려서 성공하자, 숄토 일가 사건으로 돌아와 사건 전체를 다시 따져봤지. 내가 일을 맡긴 아이들이 강을 아래위로 샅샅이 훑었지만 아무 성과도 없었네. 하지만 범인들이 꼬리를 감추려고 서둘러 달아났을 가능성은 없었지. 물론 다른 가설들이 전부 실패로 돌아가면 그 가능성만 남겠지만. 이 스몰이란 자가 어느 정도 저열한 교활함을 가진 건 알았지만, 치밀한 기교를 부릴 수완은 없다고 봤네. 흔히 그것은 더 많이 배운 사람의 일면이니까. 그가 런던에서 한동안 지냈고 폰디체리 로지를 지속적으로 감시했다는 증거가 있으니 즉시 떠날 수는 없었을 테고, 딱 하루만이라도 신변을 정리할 시간이 필요하리란 생각이 들더군. 아무튼 그럴 가능성이 농후했지."

내가 대꾸했다.

"좀 근거가 약한 것 같은데. 그 자가 범행에 나서기 전에 신변 정리를 했을 가능성이 더 크지 않을까?"

"아니, 난 그렇게 생각하지 않네. 그 자에게 은신처는 너무도 중요한 피난처여서, 피난처가 없어도 된다는 확신이 들 때까지는 포기하지 못할 거야. 그런데 다른 생각이 떠오르더군. 조나선 스몰은 공범을 아무리 위장시켜도 독특한 외모 때문에 사람들이 수군대고 노우드의 비극과 연관 지을 거라고 느꼈겠지. 범인들은 어둠을 틈타 본거지를 떠났고, 스몰은 환해지기 전에 돌아가고 싶었지. 그런데 스미스 부인에 따르면 그들은 3시 지나서 배를 가지러 왔지. 제법 훤했을 거고 한 시간 후면 길에 사람들이 나올 터였지. 따라서 난 그들이 아주 멀리 가지 않았다고 짐작했네. 스미스에게 돈을 많이 집어줘서 입단속을 하고,

최후의 탈출을 위해 배를 잡아두었겠지. 그래 놓고 보석함이 있는 거처로 서둘러 갔네. 두어 밤 지내면서, 신문들이 어떻게 보는지와 의혹을 받는지 알아볼 시간 여유를 가지겠지. 그러다가 야밤을 틈타 그레이브샌드나 다운스에 있는 배로 갈 심산이었을 거야. 틀림없이 그곳에 이미 미국이나 영국 식민지로 갈 수단을 마련해두었을 테고."

"하지만 그 증기 기동선은? 그들이 거처까지 배를 갖고 갔을 리 없는데."

"분명히 그렇지. 배가 보이지는 않아도 틀림없이 그리 멀리 있지 않으리라 예상했네. 그래서 스몰의 입장이 되어서, 그 정도 능력을 가진 사람의 눈으로 상황을 보았지. 스몰이라면, 증기 기동선을 돌려보내거나 선창에 둔다면 만약 경찰이 뒤를 밟을 경우 쉽게 꼬리를 밟힐 거라고 보겠지. 그러면 어떻게 배를 숨기면서 필요하면 쉽게 가져올 수 있을까? 내가 스몰의 입장이라면 어떻게 할지 궁리했지. 떠올릴 수 있는 방법은 딱 한 가지더군. 나라면 배를 조선소나 선박 수리소에 넘기고 간단한 수리를 의뢰할 거야. 그러면 배는 창고나 조선소 작업장에 치워져서 효과적으로 숨겨지겠지. 반면 언제든 몇 시간 전에만 연락하면 배를 돌려받을 수 있지."

"너무 간단한 것 같은데."

"원래 아주 간단한 것들이 쉽게 간과되기 마련이지. 하지만 난 이런 관점에서 조치를 취하기로 결정했네. 당장 이 순진한 뱃사람 행색을 하고, 강을 내려가며 선박 수리소들을 뒤졌네. 15번 수리소에서는 아무 소득도 없었지만, 16번 제이콥슨 조선장에서 이틀 전 나무 의족을 한 사내가 간단한 키 수리를 의뢰하고 오로라호를 넘겼다는 말을 들었지. '저기 빨간 줄이 있는 배입니다'라고 주인이 말하더군. 그 순간 바로 실종된 선주, 모데카이 스미스가 다가오지 뭔가. 술을 마셔서 좀 험악하더군. 물론 난 그인 줄 모르고 지날 수도 있었지만, 그가 이름과 배의 이름을 떠드는 통에 알았지. '오늘 밤 8시에 배가 필요하오'라고 말하더군. '8시 정각이니 명심하시오. 내가 모시는 두 신사를 기다리게 하지 않도록.' 그들이 얼마나 돈을 두둑이 줬는지 모데카이 스미스는 돈을 잔뜩 수리공들에게 던지더군. 나는 얼마간 스미스를 따라갔지만 그는 술집으로 들어갔어. 그래서 난 다시 수리소로 되돌아왔고, 도중에 우연히 위긴스의 수하를 만났기에 그 아이를 오로라호의 보초로 남겨두었네. 아이가 물가에 있다가, 저들이 출발하면 우리에게 손수건을 흔들 거야. 우리는 배에 타고 조금 떨어져 있을 테고. 범인들이며 보석이며 다 손에 넣지 못 한다면 그게 이상하지."

존스 수사관이 말했다.

"그들이 범인인지 아닌지 모르겠지만, 모든 걸 단단히 짜두었군요. 하지만 내게 수사 주도권이 있다면, 난 경찰을 제이콥

154

슨 수리소에 배치해 범인들이 오면 체포할 거요."

"그렇게 안 될 겁니다. 스몰이란 자는 상당히 빈틈없는 친구거든요. 그는 선발대를 먼저 보내서, 의심스러운 구석이 있으면 1주일 더 박혀 있을 겁니다."

내가 말했다.

"하지만 자네가 모데카이 스미스를 미행해서 놈들의 은신처로 따라갈 수 있었을 텐데."

"그랬으면 난 하루를 낭비했겠지. 난 스미스가 그들의 거처를 모를 거라 확신하네. 술과 두둑한 배 임대료만 있다면, 스미스가 이런저런 질문을 할 이유가 없거든. 범인들은 스미스에게 전갈을 보내 할 일을 지시하네. 아니, 난 모든 가능한 방법을 따져봤고 이게 최선일세."

이런 대화를 주고받는 사이, 템스 강에 놓인 다리들을 줄줄이 지났다. 더 시티*를 지날 때, 마지막 햇살이 세인트폴 교회 꼭대기 위를 미끄러지듯 지났다. 해거름에 우린 런던탑에 도착했다.

홈즈가 서리**쪽에 있는 돛들과 삭구 장치들을 손짓하면서 말했다.

---

* 런던 시내의 금융가 지역이다.
** 런던 남서쪽으로 템스 강에 면한 도시이다.

"저기가 제이콥슨 조선소입니다. 이 거룻배들 틈에 숨어서 이 주변을 조용히 왔다 갔다 합시다."

그는 주머니에서 야간용 망원경을 꺼내더니 한동안 강변을 살폈다.

홈즈가 말했다.

"보초는 제자리에 있는데 손수건은 보이지 않는군요."

"우리가 하류로 조금 내려가서 놈들을 기다리면 어떻소."

존스가 안달하며 말했다.

이즈음 다들 조급했다. 우리가 무슨 일을 겪을지 모르는 경관들과 화부들까지도 안절부절 못 했다.

홈즈가 대답했다.

"어떤 것도 당연하게 치부할 수 없는 상황입니다. 십중팔구 저들은 하류로 내려갈 테지만, 그렇게 단정할 순 없습니다. 이 지점에서 우린 수리소 입구를 볼 수 있지만, 저들은 우리를 못 볼 겁니다. 오늘 밤은 맑고 밝겠네요. 우린 여기 있어야 해요. 가스등 불빛으로 저기 몰려오는 사람들을 보십시오."

"수리소에서 일하고 나오는 사람들이잖아요."

"꾀죄죄하고 투박한 사람들이지만, 각자 영원한 작은 번득임을 감추고 있습니다. 그냥 쳐다보면 그런 생각은 들지 않지요. 그 부분에는 수학적 확률 따위는 없습니다. 인간은 정말 이상한 수수께끼죠?"

"인간을 동물 속에 숨은 영혼이라고 말한 사람도 있네."

내가 말했다.

홈즈가 대꾸했다.

"윈우드 리드가 이 주제에 일가견이 있지. 그는 개인이란 풀리지 않는 수수께끼지만, 집합체가 되면 아주 확실해진다고 말하지. 예를 들면 우린 어떤 개인이 어떤 행동을 할지 점칠 수 없지만, 평균적인 집단이 어떻게 할지는 정확히 예견할 수 있네. 개인들은 다양하지만 통계적으로는 일관성을 유지하거든. 통계학자는 그렇게 말하네. 그런데 저기 보이는 게 손수건인가? 분명히 저쪽에서 흰 손수건이 펄럭이지?"

내가 대답했다.

"맞네, 자네가 세운 보초군. 그 아이가 똑똑하게 보이네."

홈즈가 외쳤다.

"그리고 오로라 호가 맹렬히 달리는군! 최고 속력으로 갑시다, 기관사. 노란 등이 있는 저 배를 쫓아가시오. 맙소사, 오로라 호가 우릴 따돌린다면 난 내 자신을 용서하지 않을 거야"

오로라 호는 수리소 입구를 보이지 않게 빠져나와 배 두세 척 사이를 지났고, 덕분에 우리의 눈에 띄기 전에 상당한 속도를 냈다. 이제 배는 물 찬 제비처럼 강을 내려갔고, 강변 쪽에 붙어서 엄청나게 빨리 달렸다. 존스가 침울하게 오로라 호를 쳐다보면서 고개를 저었다.

"무척 빠르군. 우리가 잡을 수 있을지 의심스럽소."

홈즈가 이를 악물고 외쳤다.

"반드시 잡아야 되겠지요? 석탄을 때시오, 화부들! 배가 힘을 내게 하시오! 배를 태우더라도 기필코 놈들을 잡아야겠지요?"

이제 오로라 호에 제법 따라붙었다. 배의 화로들이 으르렁대고, 힘찬 엔진들은 거대한 철제 심장처럼 씨근대며 쿵쿵 소리를 냈다. 뾰족하고 경사진 뱃머리가 잔잔한 강물을 가르면서 좌우로 굽이치는 물살을 보냈다. 엔진이 쿵쿵댈 때마다 배는 생명이 있는 것처럼 튀어 오르고 파르르 떨었다. 우리 뱃머리의 큰 노란 등이 퍼덕대는 길쭉한 빛을 우리 앞쪽에 떨구었다. 바로 앞쪽 수면에 비친 검은 그림자가 오로라 호의 위치를 알려주었고, 배 꽁무니의 흰 물거품은 속도를 말해주었다. 우린 나룻배, 증기선, 상선 틈에서 이 배를 따라붙고 저 배를 빙 둘러 앞으로 치고 나갔다. 어둠 속에서 우리에게 지르는 고함이 들렸지만, 여전히 오로라 호는 내뺐고 여전히 우리는 바싹 뒤쫓고 있었다.

"석탄을 때시오, 여러분. 석탄을 때요!"

홈즈가 기관실을 내려다보면서 소리쳤고, 아래서 활활 타는 불길에 안달하는 그의 독수리 같은 얼굴을 비추었다. 그가 이어서 외쳤다.

"최대한 증기를 뽑아내시오."

"우리가 좀 앞설 것 같소."

존스가 오로라 호를 주시하면서 말했다.

"그런 확신이 드는군요. 이제 몇 분 후면 우리가 따라잡을 겁니다."

내가 맞장구쳤다.

그런데 행운이 우리 편이 아닌지, 느닷없이 나룻배 세 척을 그는 끌배 한 척이 오로라 호와 우리 배 사이로 파고들었다. 우리는 키의 손잡이를 쾅 내려쳐서 간신히 충돌을 피했고, 그 배들을 빙 돌아서 원래 항로를 되찾기도 전에 오로라 호는 2백 미터 가량 앞서 나갔다. 하지만 여전히 오로라 호가 시야에 들어왔고, 우중충하고 뿌연 여명이 별이 빛나는 맑은 밤에 내려앉고 있었다. 우리 보일러들은 있는 힘을 다 짜냈고, 우리를 끌고 나가는 강한 힘에 약한 선체 외판이 진동하면서 끽끽댔다. 우리 배는 깊고 잔잔한 강을 누비면서 웨스트인디아 독스를 지나 긴 뎁트포드 리치*로 내려갔다가 아일 오브 독스를 빙 돈 후 다시 위로 올라갔다. 우리 앞의 뿌연 그림자는 이제 우아한 오로라 호의 모습을 명확히 드러냈다. 존스 수사관이 그 배에 탐조등을 비추자, 갑판에 있는 사람들이 똑똑히 보였다. 한 사내가 선미에 앉아서, 무릎 사이에 놓인 검은 물체 위로 몸을 굽히고 있었다. 그 옆에 있는 검은 덩어리는 뉴펀들랜드 품종의 개인 듯 했다. 소년이 키를 잡고 있었고, 웃통을 벗은 스미스가 빨간 불꽃이 타는 화로에 죽어라 석탄을 넣는 광경을 볼 수 있었다. 그들은 처음에 우리가 정말 뒤쫓는지 의심했겠지만, 이제 일말의 의문도 있을 수 없었다. 그리니치에서 우리는 300보 가량 뒤에 있었다. 블랙웰에서는 거리가 250보를 넘지 않을 터였

---

* 강의 굽이와 굽이 사이의 직선 유역이다.

다. 나는 다양한 일을 하면서 여러 나라를 다녔지만, 템스 강을 내려가는 이 정신없는 인간 사냥만큼 간담이 서늘한 재미는 맛본 적이 없었다. 우리는 꾸준히 야금야금 그들을 따라붙었다. 밤의 정적 속에서 오로라 호가 헉헉대고 탕탕대는 소리가 우리 귀에도 들렸다. 선미의 사내는 여전히 몸을 숙이고 앉아 바쁘게 양팔을 움직이면서, 가끔 고개를 들고 우리를 흘끔대며 거리를 쟀다. 점점 다가가면서 존스는 그들에게 멈추라고 소리쳤다. 4정신**이 안 되는 상황에서 배 두 척은 엄청난 속력으로 달렸다. 반듯한 직선 유역에 들어서면서 한쪽에 바킹 레벨, 다른 쪽에는 우울한 블럼스테드 늪지가 나왔다. 우리의 고함에 선미에 앉은 사내가 갑판에서 몸을 휙 일으키더니, 우리에게 주먹을 흔들면서 갈라지는 고음으로 욕설을 퍼부었다. 듬직한 체구의 힘센 사내였고, 그가 양다리를 벌리고 서자 오른쪽 허벅지 아래로 나무 의족만 있음을 알 수 있었다. 그의 거슬리는 호통에 갑판에 있는 덩어리가 움직였다. 몸을 펴니 왜소한 검은 사내로 그렇게 작은 체구는 처음 봤는데, 두상은 크고 흉하고, 엉킨 긴 머리는 덥수룩했다. 이 야만적이고 일그러진 얼굴을 보자 홈즈는 이미 권총을 빼들었고, 나도 총을 꺼냈다. 사내는 짙은 색 외투나 모포를 몸에 두른 채 얼굴만 드러냈다. 하지만 얼

** 보트의 길이. 보트와 보트 사이의 거리를 나타내는 데 쓰는 단위를 의미를 말한다.

굴만 봐도 불면증이 생길 정도로 끔찍한 모습이었다. 그렇게
잔인하고 험악한 얼굴은 여태껏 본 적이 없었다. 작은 눈은 번
뜩이며 처연한 빛이 이글댔고, 두툼한 입술이 뒤틀려 잇몸이
드러났다. 그는 이를 보이고 웃으면서, 마치 맹수같이 격렬하게
우리를 향해 지껄였다.

"놈이 손을 올리면 발포해."

홈즈가 나직이 말했다.

이 때 우리는 한 정신 내에 있었고, 사냥감에 손이 닿을 정도로 가까웠다. 서 있는 두 사내의 모습이 지금도 눈에 선하다. 다리를 벌리고 서서 욕설을 내뱉는 백인과 소름끼치는 얼굴의 사악한 난장이었다. 우리 배의 불빛 사이로 그가 강하고 누런 이를 번뜩이는 게 보였다.

그를 똑똑히 볼 수 있어서 다행이었다. 우리가 보는데도 그는 몸을 덮고 있던 것 속에서 작은 자 모양의 짧고 둥근 나무 조각을 꺼내 입술에 대고 불었다. 우리의 권총이 동시에 발사되었다. 사내는 목이 메는 기침을 하면서 팔을 뻗고 고꾸라지다가 비스듬히 강에 빠졌다. 나는 흰 물살 속에서 그의 악의에 찬 눈빛을 얼핏 보았다. 동시에 나무 의족의 사내가 몸을 던져 키를 힘껏 눌렀고, 그의 배는 남쪽 강둑을 향해 직진했다. 반면 우리 배는 꽁무니에 붙다시피 해서 오로라 호를 쫓았다. 거칠고 황량한 곳이었고, 넓은 늪지에 달빛이 쏟아졌다. 고인 웅덩이 물과 풀이 썩어가는 습지였다. 배는 턱 소리를 내면서 진흙탕 위를 달리다가 뱃머리가 공중에 들리고 꼬리는 물보라를 일으켰다. 도망자는 뛰쳐나왔지만 즉시 발이 진흙에 푹 박혔다. 버둥대면서 몸부림쳤지만 헛수고였다. 앞으로도 뒤로도 한 발자국도 떼지 못 했다. 그는 무력하게 분통을 터뜨리면서 다른 발로 진흙을 미친 듯이 걷어찼지만, 발버둥치는 바람에 의족이 끈끈한 늪에 더 단단히 박혔다. 우리가 배를 나란히 댔을 때, 그

는 진흙 펄에 꼼짝없이 박혀 있었다. 그래서 못된 물고기 다루듯 그의 어깨에 밧줄을 씌워서 우리 옆으로 당길 수 있었다. 스미스 부자는 오로라 호에 시무룩하게 앉아 있었지만, 지시를 받자 고분고분 우리 배로 올라왔다. 우리는 오로라 호를 끌어내서 우리 배의 선미에 단단히 맸다. 갑판에 인도인 장인이 만든 튼튼한 쇠 궤짝이 있었다. 그 안에 저주받은 숄토 가의 보물이 있다는 것은 두말 하면 잔소리였다. 열쇠가 없었지만 상당히 묵직해서, 우린 궤짝을 조심스럽게 우리 배 선실로 옮겼다. 천천히 다시 상류로 올라가면서, 사방에 탐조등을 비췄지만 섬사람의 흔적은 없었다. 템스 강 아래, 검은 진흙바닥 어딘가에 우리나라에 왔던 이상한 손님의 유골이 묻혀 있으리라.

홈즈가 나무 승강구를 손짓하면서 말했다.

"여기 보게, 우리가 그때 총을 쏘지 않았으면 한발 늦을 뻔했군."

거기, 우리가 서 있던 자리 바로 뒤에 화살 하나가 박혀 있었다. 우리가 너무나 잘 아는 살인 무기였다. 총을 쏜 순간, 화살이 셜록과 나 사이를 쉭 지나갔음이 분명했다. 홈즈는 화살을 보자 씩 웃으면서 태연하게 어깨를 으쓱했지만, 고백하건대 그날 밤 무시무시한 죽음의 문턱까지 간 생각을 할 때마다 욕지기가 올라왔다.

11. 유명한 아그라의 보물

우리가 잡은 범인은 선실에 앉아 있었다. 맞은편에 그가 손에 넣으려고 그리도 많은 일을 벌이고 오래 기다린 쇠 궤짝이 있었다. 새까맣게 탄, 저돌적인 눈을 가진 사내였다. 굵은 주름과 잔주름투성이인 구릿빛 얼굴은 밖에서 힘들게 산 이력을 말해주었다. 수염이 난 턱은 목표를 쉽게 포기하지 않는 성격을 도드라지게 보여주었다. 검은 곱슬머리가 많이 센 걸 보면 쉰 살 언저리였을 것이다. 가만히 있을 때의 얼굴은 그리 밉상은 아니었다. 짙은 눈썹과 도전적인 턱은 화가 나면 아까 내가 본 무지막지한 인상을 주었지만. 이제 그는 수갑 찬 손을 무릎에 놓고 앉아서, 고개를 숙인 채 예리하고 번뜩이는 눈으로 궤짝만을 응시했다. 그가 수많은 악행을 저지른 원인이 그 궤짝 안

에 있는 것이다. 그의 차분하고도 굳은 얼굴에 어린 표정은 분
노보다는 서글픔 같았다. 한 차례, 그가 웃음기가 도는 눈빛으
로 날 올려다보았다.

홈즈가 시거에 불을 붙이면서 말했다.

"자, 조나선 스몰. 끝이 이래서 안 됐소."

"그쪽도 마찬가지요, 선생. 난 이 일로 벌 받을 리가 없다고

믿거든. 맹세컨대 난 숄토 씨를 건드리지 않았소. 난쟁이 악마 같은 놈, 통가의 짓이었소. 그가 망할 놈의 화살을 숄토에게 쐈거든. 난 그 일에 가담하지 않았소. 내 혈육이 일을 당한 것처럼 슬펐지요. 그런 짓을 했다고 악마 놈을 밧줄 끝으로 후려갈겼지만, 이미 벌어진 일을 없던 일로 되돌릴 수 있나."

"시거 한 대 피워요. 몸이 젖었으니, 이 통에 담긴 술을 마시면 그만 일 거요. 이 검은 친구처럼 왜소하고 약한 자가, 당신이 밧줄을 타는 동안 숄토 씨를 제압해서 지킬 거라고 어떻게 예상할 수 있었소?"

"그 자리에 있었던 것처럼 상황을 꿰는구려, 선생. 사실 난 방에 아무도 없길 바랐소. 그 집의 일과를 잘 알았는데, 그 때는 숄토가 보통은 저녁식사를 하러 내려가는 시간이었소. 사건에 대해 숨기지 않으리다. 내가 할 수 있는 최선의 방어는 단순한 진실뿐이니. 이게 소령 영감 때문이라면 난 가벼운 마음으로 벌을 받았을 거요. 놈을 칼로 베는 걸 이 시거를 피우는 일 정도로 여겼을 거요. 하지만 싸운 적도 없는 그 아들 때문에 체포되니 몹시 억울하오."

"경시청의 애설니 존스가 당신을 맡을 거요. 그가 당신을 내 방으로 데려오면, 난 사건의 진상을 밝히라고 요구할 거요. 남김 없이 털어놓아야 될 거에요. 그렇다면 내가 당신에게 도움이 될 수 있을 테니. 독이 너무 빨리 효과를 내서 당신이 방에 당도하기 전에 이미 피해자가 죽었다는 걸 내가 증명할 수 있을 거요."

"그는 죽어 있었소, 선생. 창문으로 방에 들어갔을 때, 그가 어깨에 머리를 기대고 내게 씩 웃는 걸 봤소. 평생 그렇게 충격받긴 처음이었지. 정신이 아주 아득했다오, 선생. 통가가 기어나가지 않았으면 내 손에 반쯤 죽었을 거요. 그의 말로는 정신없이 빠져나오다가 곤봉과 화살 몇 개를 두고 나왔소. 단언컨대 그것들 덕으로 우릴 추적했을 거요. 어떻게 계속 쫓았는지는 내가 알 도리 없소만. 추적했다고 해서 당신에게 악감정은 없소. 허나 좀 이상하긴 이상하군요."

그는 씁쓸하게 웃으면서 말을 이었다.

"난 50만 파운드를 차지할 권리가 있는 사람이오. 그런데 인생의 전반기는 안다만 제도에서 방파제를 쌓았고, 이제 나머지 절반은 다트무어에서 하수구를 파면서 보내게 됐구려. 처음 상인 아키멧에게 눈길을 주고 아그라 보석에 손댄 그 날이 내겐 재수 옴 붙은 날이었소. 그 보석이 주인에게 저주만 불러왔으니. 그 상인은 살해당했고, 숄토 소령에게는 공포와 죄책감을 안겼고, 난 평생 노예로 살게 됐소."

바로 이 순간 애설니 존스가 넙적한 얼굴과 육중한 어깨를 작은 선실에 들이밀었다.

그가 말했다.

"아주 집안 잔치구만. 나도 한 모금 들이켜야겠소, 홈즈. 흠,

모두 서로 축하해도 될 것 같소만. 다른 범인을 생포하지 못해 아쉽지만 선택의 여지가 없었으니 도리 없죠. 홈즈, 솔직히 간신히 잡았다고 고백해야 될 거요. 저 배를 앞지르는 게 우리가 할 수 있는 한 전부였으니 말이지."

홈즈가 대꾸했다.

"끝이 좋으면 다 좋은 거지요. 하지만 오로라 호가 그런 쾌속선인 줄은 정말 몰랐습니다."

"스미스 말로는 템스 강에서 가장 빠른 증기 기동선으로 꼽힌다더군. 그러니 그를 도와 엔진을 살필 일손이 더 있었다면, 우린 오로라 호를 따라잡지 못 했을 거요. 스미스는 이 노우드 사건에 대해 전혀 몰랐다고 잡아떼고 있소."

"그는 몰랐소."

범인이 끼어들었다. 스몰이 말을 이어갔다.

"전혀 몰랐소. 내가 그의 배를 택한 것은 쾌속선이란 말을 들어서요. 우린 그에게 아무 말도 하지 않았고 임대료를 잘 쳐주었소. 그레이브센드에 있는 브라질행 '에스메랄다'호에 당도하면, 스미스에게 섭섭지 않은 수고비를 줄 참이었소."

"뭐, 그가 잘못이 없다면 억울한 누명을 쓰지 않을 거요. 우린 범인을 잡는 데는 아주 빠를지언정, 범인 기소는 서두르지 않거든."

거들먹대는 존스가 벌써부터 범인 검거 능력을 뽐내기 시작하는 걸 보는 것도 재미있었다. 셜록 홈즈의 얼굴에 얼핏 미소가 스친 걸로 봐서 그도 존스의 말을 알아들었음이 분명했다.

존스가 말했다.

"곧 복스홀 다리에 도착하니, 닥터 왓슨과 보물 상자를 내려주겠소. 이 조치가 전적으로 내 책임임은 새삼 말할 필요가 없겠지요. 지극히 이례적인 경우지만, 물론 합의는 합의니까. 하지만 의무 사항이니, 경관 한 명을 박사와 동행시키겠소. 워낙 값나가는 물품을 갖고 가니까 말이죠. 물론 마차를 타고 갈 거지요?"

"그렇습니다, 마차로 갈 겁니다."

"열쇠가 없어서 아쉽소. 먼저 압수품 목록을 작성하지 못 해서 말이요. 궤짝을 열려면 부숴야 될 거요. 열쇠는 어디 있나, 형씨?"

"강바닥에."

스몰이 간단히 대답했다.

"흠! 당신은 공연한 헛수고를 한 거요. 우린 이미 당신에 대해 다 파악했거든. 그런데 박사, 조심하라고 경고할 필요가 없겠지요. 궤짝을 베이커 가의 집으로 도로 가져오시오. 우린 경찰서로 가는 길에 거기 들릴 예정이니."

나는 복스홀에서 내렸다. 묵직한 철제 궤짝과 허풍 떠는 친절한 경관이 함께 내렸다. 15분간 달려서 세실 포레스터 부인

171

자택에 도착했다. 하녀는 늦은 시간에 손님이 들이닥쳐서 놀란 눈치였다. 마님이 밤 외출 중이지만 모르스탄 양은 응접실에 있다고 전해주었다. 그래서 나는 협조적인 경관을 마차에 둔 채 상자를 들고 응접실로 갔다.

모르스탄 양은 열린 창가에 앉아 있었다. 얇은 하얀 옷은 목과 허리 부분만 진홍색이었다. 갓을 씌운 등잔의 부드러운 불빛이 그녀를 비추었다. 버들가지 의자에 기대앉아, 곱고도 진지한 얼굴을 갸우뚱할 때 풍성한 곱슬머리가 금속처럼 반짝였다. 하얀 팔을 의자 옆으로 늘어뜨린 자세에서 얼굴이 수심에 잠겼음을 알 수 있었다. 하지만 내 발소리를 듣자 그녀는 벌떡 일어났고, 놀랍고 기뻐서 창백한 뺨이 빨개졌다.

모르스탄 양이 말했다.

"택시 마차가 다가오는 소리를 들었어요. 포레스터 부인이 무척 일찍 돌아오셨다고 짐작했을 뿐, 당신이 올 줄은 꿈에도 몰랐어요. 어떤 소식을 갖고 오셨나요?"

나는 보석 상자를 탁자에 내려놓고, 속마음은 무거웠지만 일부러 명랑하게 으스대면서 말했다.

"소식보다 더 좋은 것을 가져왔지요. 세상의 모든 소식만큼 가치가 있는 것을 갖고 왔습니다. 당신에게 큰 재산을 가져왔거든요."

그녀가 철제 상자를 힐끗 보았다.

"그럼 저게 보석인가요?"

모르스탄 양이 무척 냉정하게 물었다.

"맞습니다, 이게 유명한 아그라의 보석입니다. 보석의 절반은 당신 몫이고 절반은 사디어스 숄토의 몫입니다. 각자 20만 파운드씩 가질 겁니다. 생각해 보세요! 연금이 만 파운드입니다. 잉글랜드 지역에서 그 정도로 부유한 젊은 숙녀는 손에 꼽힙니다. 영광스럽지 않습니까?"

내가 유난히 기쁜 태도를 보였음이 분명했다. 그녀는 내 축하인사에서 허전한 기미를 느꼈는지, 눈썹을 살짝 치뜨고 의아한 눈길을 힐끗 던졌다.

"제가 저것을 갖는다면 당신 덕분이에요."

모르스탄 양이 말했다.

내가 대답했다.

"아닙니다, 아니에요. 내가 아니라 제 친구 셜록 홈즈 덕이지요. 세상의 모든 의지를 가졌다한들 난 단서를 파고들지 못 했을 겁니다. 홈즈 같은 분석의 귀재도 애먹은 단서거든요. 사실 마지막 순간에 단서를 놓칠 뻔 했습니다."

모르스탄 양이 말했다.

"앉아서 제게 다 말해주세요, 왓슨 박사님."

나는 그녀를 마지막으로 본 이후 일어난 일을 간략히 이야기했다. 홈즈의 새로운 탐사 방식, 오로라 호 발견, 애설니 존스의 등장, 한밤의 탐험, 템스 강에서 벌인 위기일발의 추적. 그녀는 입을 벌리고 눈을 반짝이며 내 모험담을 경청했다. 화살이 우리를 아슬아슬하게 비켜나간 대목에서는 그녀가 새하얗게 질려서 기절할까 걱정스러웠다.

내가 얼른 물을 따라주자 모르스탄 양이 말했다.

"아무 것도 아니에요. 다시 괜찮아졌어요. 저 때문에 친구들이 그런 끔찍한 위험에 처했다는 말을 듣자 충격 받았어요."

내가 대답했다.

"다 끝난 걸요. 별일 아니었습니다. 우울한 부분은 더 상세히 말하지 않겠습니다. 더 환한 얘기로 돌아갑시다. 보석이 있군요. 그보다 환한 것은 있을 수 없겠지요? 당신이 맨 먼저 보는 데 관심이 있을 듯해서, 허락을 받고 보석을 가져왔습니다."

"제게 가장 큰 관심사일 테지요."

모르스탄 양이 말했다. 그런데 말소리에 전혀 열의가 없었다. 큰 대가를 치루고 얻은 보석이니 심드렁하게 대하는 것은 결례여서 억지로 응대하는 눈치였다.

그녀가 궤짝 위로 몸을 숙이면서 말했다.

"참 예쁜 상자네요. 인도에서 만들었겠지요?"

"그렇습니다. 베나레스의 금속공예품입니다."

그녀는 상자를 들려고 애쓰면서 말했다.

"그리고 무척 무겁네요. 궤짝만으로도 가치가 상당하겠어요.

열쇠는 어디 있나요?

내가 대답했다.

"스몰이 템스 강에 던져버렸지요. 이 댁의 부지깽이를 빌려야겠습니다."

궤짝 앞면에 달린 넓고 두꺼운 걸쇠는 부처의 가부좌 상이었다. 난 걸쇠 밑에 부지깽이 끝을 넣어, 지렛대 삼아 바깥으로 비틀었다. 요란한 딱 소리와 함께 잠금 장치가 풀렸다. 나는 떨리는 손으로 궤짝 뚜껑을 열었다. 우리 둘 다 아연실색해서 안을 보면서 멍하니 서 있었다. 궤짝 안에는 아무 것도 없었던 것이다!

궤짝이 무거울 만도 했다. 사방이 두께가 1.5센티미터도 넘는 철판이었다. 대단한 귀중품을 담는 상자답게 육중하고 만듦새가 좋고 튼튼했지만, 쇳조각 하나, 쇳가루나 보석 한 점 들지 않았다. 완전히, 철저하게 비어 있었다.

"보석이 사라졌네요."

모르스탄 양이 차분하게 말했다.

그 말을 듣고 의미를 깨달으면서, 내 영혼에서 거대한 그림자가 걷히는 듯 했다. 아그라 보석이 완전히 사라진 후에야 그동안 얼마나 그것에 짓눌렸는지 깨달았다. 물론 이기적이고 불성실하고 그른 마음가짐이었다. 하지만 둘 사이의 황금 장벽이 사라진 것 말고는 아무 생각도 할 수 없었다.

"다행이지요?"

내가 진심을 내비쳤다.

그녀는 잠깐 의심스럽게 웃으면서 날 쳐다보았다.

"왜 그런 말씀을 하세요?"

그녀가 물었다.

"왜냐면 당신이 다시 내 손이 닿는 곳에 있으니까요."

나는 그녀의 손을 잡으면서 말했다. 그녀는 손을 빼지 않았다. 내가 덧붙여 말했다.

"왜냐면 당신을 사랑하니까요, 메리. 어떤 남자가 어떤 여자를 사랑하는 것보다 진심으로 사랑하니까요. 이 보석, 이 재물이 날 꿀 먹은 벙어리로 만들었으니까요. 이제 그것들이 사라졌으니, 당신에게 얼마나 사랑하는지 말할 수 있어요. 그래서 '다행이네요'라고 말하는 겁니다."

"그러면 저도 '다행이네요'라고 말하겠어요."

메리가 속삭이자 나는 그녀를 바싹 끌어안았다.

누가 보석을 잃어버렸던지 간에, 그날 밤 나는 보석을 찾았다는 걸 알았다.

12. 조나선 스몰의 이상한 이야기

내가 마차로 돌아갈 때까지 지루한 시간이었을 텐데 기다려 준 경관은 인내심이 대단했다. 내가 빈 궤짝을 보이자 그의 얼굴이 어두워졌다.

"상여금이 날아가 버렸군요! 돈이 없으면 상여금도 없는 법이지요. 보물이 들어 있었다면, 오늘 야간 근무 수당으로 샘 브라운과 내가 각각 10파운드씩은 받았을 텐데."

"사디어스 숄토 씨는 부자이니, 보석이 있든 없든 상여금을 지급할 겁니다."

내가 말했다.

하지만 경관은 시무룩하게 고개를 저었다.

과연 그의 예상이 맞아서, 베이커 가에 도착해서 빈 궤짝을 보여주자 존스는 망연자실한 듯 했다. 그들은 막 도착한 참이었다. 홈즈, 범인, 존스는 도중에 경찰서에 보고하는 것으로 계획을 바꾸었다. 내 동거인은 평소처럼 맥없는 표정으로 안락의자에 비스듬히 기댔고, 반면 스몰은 의족을 찬 발을 성한 발 위에 올린 채 맞은편에 멍하니 앉아 있었다. 내가 빈 궤짝을 보이자, 스몰은 의자에 등을 기대면서 요란하게 웃었다.

"이건 당신 짓이지, 스몰."

애설니 존스가 분개해서 쏘아붙였다.

그가 의기양양하게 외쳤다.

"그렇소, 당신네 손이 닿지 않을 곳에 내가 치웠소. 내 보물이니, 내가 차지할 수 없다면 남이 손대지 못하게 조치할 밖에. 분명히 말하건대, 안다만 섬의 감옥에 있는 세 사람과 나를 빼고 어떤 자도 그걸 차지할 권리가 없소. 이제 나는 그걸 쓸 수 없다는 걸 알았고, 물론 그들도 그럴 수 없다는 걸 알지. 나뿐만 아니라 그들을 위해서도 모든 조치를 취했소. 우리에게는 언제나 네 개의 서명이 있었소. 흠, 그들이 나였대도 똑같이 조치해서, 보석을 숄토나 모르스탄의 일가붙이에게 넘기느니 템스 강에 던졌을 거요. 그 자식들을 부자로 만들어주려고 우리가 아키멧에게 그런 짓을 한 게 아니오. 열쇠가 있고 난쟁이 통가가 있는 곳에나 가야 보석을 찾을 수 있을 거요. 당신네 배에 따라잡히리란 걸 알자 나는 장물을 안전한 곳에 두었소. 이번 출동으로 당신들은 땡전 한 푼 쥐지 못 하오."

애설니 존스가 엄하게 말했다.

"우리를 속이고 있군, 스몰. 당신이 보물을 템스 강에 던지고 싶었다면, 궤짝 채 던지는 게 더 쉬웠을 거야."

그는 깐깐하게 곁눈질 하면서 대꾸했다.

"그건 나로선 더 쉬운 일이었지만 마찬가지로 당신들이 찾아내기도 더 쉬울 테지. 나를 추적할 만큼 영리한 자라면 강바닥에서 쇠 상자를 끌어낼 수 있을 테니. 이제 보석들이 8킬로미터 이상 흩어졌으니 그걸 찾기가 더 어려울 거요. 하지만 그렇게 하자는 마음이 생겼소. 당신들에게 따라잡히자, 난 반쯤 미친 상태였지. 하지만 그 일을 두고 푸념해봤자 무슨 소용이 있나. 평생 산전수전 다 겪었지만, 엎질러진 물을 두고 징징대면 안 된다는 걸 배웠소."

존스 수사관이 말했다.

"이건 무척 심각한 사건이오, 스몰. 이런 식으로 일을 그르치지 않고 정의가 실현되게 도왔다면, 당신은 재판에서 유리한 기회를 얻었을 거요."

"정의라!"

전과자가 비아냥댔다. 그가 말을 이었다.

"정의 타령이라니! 이 전리품 임자가 우리가 아니면 누구란 말이오? 그걸 만져본 적도 없는 자들에게 넘겨준다면, 정의가 어떻게 되겠소? 내가 그걸 어떻게 손에 넣었는데! 그 열병이 도사린 늪지에서 장장 20년간 맹그로브 나무 밑에서 종일 노동했소. 밤에는 더러운 감방에서 사슬에 묶인 채, 모기에게 뜯기고 말라리아를 앓고, 백인을 괴롭히는 악취미가 있는 검둥이 경관 놈들에게 시달렸소. 그렇게 해서 얻은 아그라 보물인데, 고생은 내가 했는데, 남들이 열매를 따는 걸 못 참겠다고 내게 정의 운운하는 거요! 감방에 박혀서 다른 놈이 내 재산을 탕진하며 대궐에서 호사를 누리는 상상을 하느니, 교수형을 스무 번 당하거나 퉁가의 독화살에 찔리는 편이 낫지."

스몰은 초연함의 가면을 벗어던지고, 속사포처럼 말을 쏟아냈다. 눈이 이글이글 타오르고, 손을 격렬하게 움직여서 수갑이 쩔렁댔다. 그 분노와 격정을 보니, 숄토 소령이 이 불구의 전과자에게 쫓기는 걸 처음 알고서 공포에 빠질 만했다는 걸 알 수 있었다.

홈즈가 나직하게 말했다.

"당신은 우리가 전후 사정을 모르는 걸 잊고 있소. 당신의 사연을 듣지 못 했으니 원래 정의가 얼마나 당신 편인지 모를 수밖에."

"아, 당신만이 지금까지 날 공평하게 대해주었소. 선생 덕에 손목에 이 쇠고랑을 찬 건 알겠소만. 그래도 당신한테 아무 원한도 없소. 이건 정당하고 공평무사한 처사요. 내 사연을 듣고 싶다면 감추고 싶지 않소. 내가 하는 말은, 한 마디 한 마디 모두 진실이요. 입이 마르면 입술을 축일 수 있게 물이 든 컵을 여기 내 옆에 놔주면 고맙겠소.

나는 퍼쇼어 인근에서 태어난 우스터셔 사람이요. 아마 찾아보면 아직도 거기 사는 스몰 일가친척이 많을 거외다. 고향 근처를 한 바퀴 돌아볼까라는 생각이 자주 들지만, 사실 집안의 자랑거리가 못 되니 가족들이 날 보면 썩 반갑지 않을 거요. 가족들은 다 건실하고 교회에 다니는 소작농들이거든. 인근에서 익히 알고 존경받는 집안이었는데, 난 항상 겉돌았죠. 하지만 열여덟 살 때부터는 더 이상 가족의 속을 썩이지 않게 되었소. 여자 문제가 있었는데, 여왕의 1실링*을 받고 제3연대에 입대해야만 그 구덩이에서 빠져나올 수 있었거든. 그 부대는 곧 인도로 출발했소.

하지만 병사 노릇을 오래하진 못할 운명이었지요. 막 행진 보조훈련을 끝내고 소총을 다루는 법을 배울 무렵, 난 멍청하게도 갠지스 강으로 수영하러 갔소. 천만다행인지 그때 중대 선임 상사인 존 홀더가 강에 있었소. 그는 부대에서 수영을 가장 잘 하는 군인이었소. 나는 강을 반쯤 건넜을 때 악어한테 물려서 오른쪽 다리가 잘렸지요. 외과의가 수술한 것처럼 무릎

---

* 징병관에게 1실링을 받으면 법적으로 병역의무가 생겼다.

바로 위가 딱 잘렸지. 쇼크와 출혈로 기절했고, 홀더가 붙잡아 강변으로 옮겨주지 않았다면 난 익사했을 거요. 그 사고로 5개월간 병원 신세를 지다가, 결국 다리에 이 의족을 달고 절룩대며 걸을 수 있었소. 상이병으로 군에서 제대했고, 몸을 쓰는 일은 못 하게 되었지요.

짐작이 되겠지만 이 무렵 난 지겹게 불운했소. 고작 스무 살되던 해에 쓸모 없는 불구자가 되었으니 말이지. 하지만 인생사 새옹지마일 줄이야. 인디고** 농장주인 아벨 화이트란 사람이 나타나서, 일꾼들을 관리하고 작업을 독려할 감독관을 구했거든. 우연하게도 내가 사고를 당한 후 관심을 보였던 대령과 화이트가 친구 사이였소. 대령이 나를 감독관에 강력하게 추천했고, 주로 말을 타고 하는 일이었소. 허벅지가 제법 남아서 안장을 꽉 붙들 수 있어서 다리가 장애가 되지 않았소. 말을 타고 농장을 돌면서, 작업 중인 일꾼들을 감시하고 농땡이들을 보고하는 게 내 임무였소. 봉급이 많고 편안한 숙소도 있어서, 전반적으로 농장에서 여생을 보내는 게 흡족했소. 아벨 화이트는 친절했고, 자주 내 작은 오두막에 들러 둘이서 파이프를 피우곤 했소. 여기 고국에서는 그렇지 않지만, 그곳에서는 백인들끼리 서로 애틋했거든.

** 쪽, 콩 등인 낭아초 과의 식물로서 주로 푸른 염료로 사용한다.

　근데 행운은 오래 가지 않았소. 갑자기 경고도 없이 세포이 항쟁*이 우리에게 들이닥쳤소. 인도가 서리나 켄트처럼 잠잠하고 평온하다가 순식간에 20만 검은 악마가 풀려서 나라가 완전

---

* 1857년 영국 동인도 회사에 고용된 인도 병사들인 세포이들이 영국에 대항하여 일으킨 반란을 말한다.

히 지옥으로 변했거든. 물론 이 일에 대해서는 선생들이 나보다 잘 알 거요. 난 책과는 담 쌓고 사는 사람이니까. 다만 내 눈으로 직접 본 것만 알고 있소. 우리 농장은 서북 지역의 무트라라는 곳에 있었는데 밤마다 방갈로들이 불타서 하늘 전체가 훤했고, 낮이면 처자식을 이끌고 아그라로 피신하는 유럽인들이 우리 단지를 지나갔소. 아그라가 가장 가까운 군 주둔지였으니까요. 아벨 화이트 씨는 완고한 사람이었소. 그는 사건이 많이 부풀려졌고, 언제 시작되었냐는 듯이 곧 잦아들 거라고 믿었소. 주변 지역이 활활 타는 사이, 그는 베란다에 앉아 위스키를 홀짝이면서 궐련을 피웠지. 물론 우린 그에게 반발했소. 특히 나와 다우슨은 그랬다오. 다우슨은 부인과 함께 서류 정리와 농장 관리를 하던 직원이었소. 그러다 어느 화창한 날 사고가 일어났지. 난 멀리 있는 농장에 갔다 저녁쯤에 말을 타고 느긋하게 집에 오던 길이었소. 그런데 가파른 협곡 바닥에 뭔가 뭉쳐 있는 게 보였소. 뭔지 보려고 말에서 내렸고, 그게 다우슨의 부인인 걸 알자 심장이 얼어붙을 것 같았소. 그녀는 갈가리 찢겨서 자칼과 개떼에게 반쯤 먹힌 상태였고, 다우슨은 엎어져서 죽어 있었소. 그의 손에 총알이 없는 권총이 있었고, 앞쪽에 세포이 넷이 서로 엇갈려 쓰러져 있었소. 나는 어느 쪽으로 향해야 될지 걱정하면서 말고삐를 바싹 당겼지만, 바로 그때 아벨 화이트의 방갈로에서 연기가 오르는 것을 봤소. 연기가 지붕으로 치솟기 시작했소. 그 순간 내가 고용주에게 도움이 안 되고, 상황에 끼어봤자 내 목숨만 던지는 꼴이란 걸 깨달았소. 검은 악마 수백 명이 여전히 등에 붉은 코트를 걸친 채, 불타는 집을 빙빙 돌면서 노래하고 환호하는 광경이 내가 선 곳에서도 보였소. 그 중 몇몇이 나를 가리키자 총알 두어 개가 내 머리를 스치고 지나가더군. 그래서 난 정신없이 논으로 도망쳤고, 오밤중에야 아그라의 성벽 안에 안전하게 들어섰소.

그런데 알고 보니 그곳도 그리 안전하지 않았소. 온 나라가 벌떼처럼 들끓었소. 영국인들은 삼삼오오 모일 수 있는 곳마다 총을 들고 지켰소. 그렇지 않은 곳에서는 무력하게 도피했다오. 이거야말로 수백 만 명과 수백 명의 싸움이었소. 또 가장 잔혹한 부분은, 우리의 적이 보병, 기마병, 포수할 것 없이 우리가 가르치고 훈련시킨 병사들이란 사실이었소. 우리가 무기를 쥐어주었고, 우리 군의 나팔 신호를 울리는 자들이었지. 아그라에는 제3 퓨질리어 연대, 시크족, 기병대 두 부대, 포대가 있었소. 사무원들과 상인들로 구성된 자위대가 결성되었고, 나도 의족 다리일망정 거기 합류했소. 7월 초 샤군지에서 폭도들과 맞붙었고, 한동안 그들을 밀어냈지만 화약이 바닥나서 다시 도심으로 후퇴해야 했소.

사방에서 최악의 소식들만 들려왔소. 하긴 놀랄 일도 아니지. 지도를 보면 우리가 정중앙에 있었으니까. 러크나우는 동쪽으로 160킬로미터 이상, 카운포르*는 남쪽으로 뚝 떨어져 있소. 그 지역 곳곳에서 고문과 학살, 그리고 무도한 폭력만 난무했소.

광신자들과 온갖 난폭한 악령 숭배자들이 들끓는 대단한 도시가 아그라요. 얼마 안 되는 우리 편은 좁고 구불구불한 도로에서 길을 잃었소. 그래서 우리 대상은 강 건너 아그라의 옛 요새에 진을 쳤소. 여러분 중 그 옛 요새에 대해 읽거나 들어본 사람이 있는지 모르겠소. 아주 이상야릇한 곳이오. 난 별의별 기묘한 곳들을 전전했지만, 그렇게 괴상망측한 곳은 처음 봤소. 우선 규모가 어마어마하오. 요새 경내가 수 에이커는 될 거요. 신시가가 있는데 널찍해서 우리 수비대와 아녀자들, 상점들과 모든 게 거기 있소. 하지만 신시가는 구시가에 비하면 아무 것도 아니었지. 구시가는 아무도 얼씬거리지 않고, 전갈과 지네만 들끓는 곳이오. 버려진 거대한 홀들, 구불구불한 골목들, 긴 통로들이 삐뚤빼뚤 나있어서 길을 잃기 십상이오. 이런 이유로 거기 들어가는 사람은 거의 없지. 이따금 횃불을 들고 탐험에 나서는 무리를 빼면 말이오.

강이 옛 요새 정면을 따라 흐르며 요새를 보호하지만, 요새의 측면과 후면에 성문이 많소. 우리 부대는 실제 경비구역뿐만 아니라 당연히 구시가 성문들도 지켜야 했소. 건물 구석구

---

* 현재의 칸푸르. 인도 북부 우타드프라데시 주의 행정수도이다.

석을 지키면서 발포할 병사를 배치하기에는 인력이 턱없이 부족했소. 따라서 무수히 많은 성문에 일일이 중무장한 보초를 세울 수가 없었소. 그래서 요새 중앙에 중앙 경비소를 세우고, 성문마다 백인 한 명과 원주민 두세 명을 배치하기로 했지. 난 야간에 건물의 서남쪽에 있는 외진 작은 문을 맡아 지켰다오. 시크교도 기마병 두 명이 내 수하로 정해졌고, 난 뭔가 수상하

면 머스킷 총을 발사하라는 지시를 받았소. 그러면 중앙 경비소에서 당장 도와줄 사람이 오기로 되어 있었소. 하지만 경비 지점들의 간격이 족히 200보는 되는데다 중간에 미로처럼 얽힌 통로와 복도가 있어서, 실제로 공격을 받는다면 도와줄 이들이 늦지 않게 달려올 수 있을지 의문이었소.

아, 난 소집단을 지휘하는 게 무척 자랑스러웠소. 풋내기인데다 다리가 불구이니 더욱 우쭐했겠지. 이틀 밤 동안 펀자브 출신 부하들과 경계 근무를 했소. 장신의 사납게 생긴 친구들로, 이름이 마호멧 싱과 압둘라 칸이었소. 두 사내 모두 호전적인데 칠리안 월라*에서 영국에 맞서 봉기했던 자들이었소. 그들은 영어를 능숙하게 말할 수 있었지만 난 그들에게 아무 것도 알아내지 못 했소. 둘은 붙어 서서 이상한 시크말로 밤새 수다 떠는 걸 좋아했소. 나는 성문 밖에 서서 굽이도는 넓은 강을 내려다보고, 도시의 반짝이는 불빛을 바라보았소. 쿵쿵대는 북소리, 탕탕대는 톰톰**소리, 아편과 꾕음에 취한 폭도들의 함성과 비명은 강 건너에서 위태로운 이웃들이 어떤 밤을 보낼지 상상할 수 있게 했소. 2시간마다 야간 당직 장교가 별일 없는지 확인하려고 모든 초소를 돌았소.

---

* 1849년 2차 앵글로-시크 전투가 펀자브의 칠리안 월라에서 발생했다.
** 손바닥으로 치는 몸통이 긴 북이다.

사흘째 보초를 서던 밤은 어둡고, 가랑비가 내려서 구질구질 했소. 그런 날씨에 몇 시간이나 문가에 서 있자니 고역이었소. 시크교도들에게 말을 붙이려고 거듭 시도했지만 별로 성공하지 못 했소. 새벽 2시, 순찰조가 지나가자 밤의 지루함이 잠시 멈추었소. 수하들이 대화를 하지 않으리란 걸 알자, 난 파이프 담배를 꺼내고 성냥을 켜려고 총을 내려놓았소. 그 순간 두 시크인이 내게 다가왔소. 한 명은 화승총을 낚아채서 내 머리에 겨누었고, 다른 한 명은 내 목에 대검을 들이대고, 한 발짝만 움직이면 찌르겠다고 이를 악물고 말했소.

처음 든 생각은, 저들이 폭도와 내통하고 이게 공격의 시작이라는 거였소. 우리 성문이 세포이의 수중에 들어간다면 요새가 함락될 테고, 아녀자들은 카운포르에서 벌어진 일을 당할 터였소. 물론 나에게 유리하게 꾸며 말한다고 생각하겠지만 분명히 말하리다. 목덜미에 칼끝이 닿았지만, 난 마지막 비명이 될지라도 소리 질러 중앙 경비소에 알리려고 입을 벌렸소. 나를 붙잡은 놈은 의중을 파악한 듯 했소. 내가 소리치려고 마음을 먹자, 그가 속삭였소. '시끄럽게 굴지 마십시오. 요새는 안전합니다. 강 이쪽에는 개떼 같은 폭도가 없습니다.' 그의 말에 진실이 우러났고, 나는 목청껏 외쳤다간 목숨을 잃는다는 걸 알았소. 그 자의 갈색 눈에서 그런 기미가 읽혀졌소. 따라서 내게 원하는 게 뭔지 알려고 조용히 기다렸소.

둘 중 키가 크고 사나운 압둘라 칸이 말했소. '제 말 좀 들어보십시오, 사힙. 이제 우리와 함께 하지 않으면 영원히 입을 닫게 될 겁니다. 너무 중요한 상황이라 머뭇거릴 수가 없습니다. 기독교의 십자가에 맹세하고 전적으로 우리와 같이 하지 않으면, 우린 오늘 밤 당신 시신을 도랑에 던지고 저항군 형제들 쪽으로 넘어갈 겁니다. 중간은 없습니다. 죽는 것과 사는 것, 어느 쪽입니까? 결정할 시간을 3분 줄 수 있습니다. 시간이 흐르고 있고 순찰관이 다시 오기 전에 모든 걸 끝내야 되기 때문입니다.'

내가 말했소. '내가 어떻게 결정할 수 있겠나? 내게 원하는 게 뭔지 듣지도 못 했는데. 하지만 분명히 말하지. 요새의 안전을 해치는 일이라면 난 거래하지 않아. 그러니 얼마든지 칼로 푹 찌르라고.'

그가 말했소. '요새에 해가 되는 일이 아닙니다. 우린 당신의 동포가 이 땅에 하러 온 일을 당신이 해주길 바랄 뿐입니다. 당신에게 부자가 되라고 청하는 겁니다. 오늘 밤 우리와 함께 한다면, 공평한 몫의 전리품을 나눠주겠습니다. 맨 칼에 대고 삼중 맹세를 하겠고, 무엇보다 시크교도는 맹세를 어기지 않기로 유명합니다. 보물의 4분의 1이 당신 몫이 될 겁니다. 이보다 더 공평할 수는 없습니다.'

내가 물었소. '그런데 그 보물이란 게 뭐요? 어떻게 부자가 될 수 있는지를 알려준다면, 나도 누구 못지않게 부자가 될 준

비가 되어 있소.'

그 자가 대답했소. '그러면 아버지의 뼈에 걸고, 어머니의 명예에 걸고, 믿음의 십자가에 걸고, 지금도 앞으로도 우리에게 불리하게 증언하지 않겠다고 맹세합니까?'

내가 대답했소. '요새가 위험에 빠지지만 않는다면 그렇게 맹세하지.'

'그러면 우리 넷이 보물을 공평하게 나눠서, 4분의 1을 나눠 주겠노라 나와 동지가 맹세하겠습니다.'

'세 사람뿐인데'라고 내가 말했소.

'아닙니다. 도스트 아크바르에게 한 몫 줘야 됩니다. 그들을 기다리면서 이야기를 해드리지요. 자네가 문에 서 있다가 그들이 오면 알리게, 마호멧 싱. 사힙, 상황이 이러하니 말해드리지요. 유럽인은 맹세를 지키니 당신을 신뢰할 수 있다는 걸 압니다. 당신이 거짓 신전의 모든 신들에게 맹세하는 거짓말쟁이 힌두교도였다면, 지금 칼에 당신의 피가 묻고 당신의 몸은 물속에 있을 겁니다. 하지만 시크교도는 영국인을 알고 영국인은 시크교도를 알지요. 그러니 내가 하는 얘기를 잘 들으십시오.

북부 지방에 영지는 작지만 부유한 왕이 있습니다. 아버지에게 받은 유산도 많지만, 스스로 일군 재산이 그보다 훨씬 많습니다. 천성이 소탈해 돈을 쓰기보다는 모으거든요. 폭동이 일어나자 그는 사자와 호랑이 양자와, 그러니까 세포이와 동인도회사 양쪽 모두와 친구가 되려 했습니다. 하지만 곧 백인들이 죽고 무너진 얘기만 사방에서 들리니 백인의 세월도 다 된 것 같았지요. 그래도 왕은 신중한 사람이어서, 어떤 일이 생겨도 적어도 보물의 절반은 보유할 수 있게 계획을 세웠습니다. 금과 은은 궁의 지하실에 보관했지만, 가장 귀한 보석들과 고르고 고른 진주들은 쇠 궤짝에 담아 심복 편에 내보냈습니다. 상인으로 변장한 심복은 보석함을 아그라 요새로 가져와서, 나라가 평온해질 때까지 여기 두려 했지요. 따라서 폭동이 성공하면 왕자는 금과 은을 보유할 테지만, 만약 동인도회사가 평정하면 보석이 고스란히 보존될 터였지요. 이렇게 재산을 나눈 후, 그 지역은 세포이들이 강세였으므로 왕은 일단 그들의 명분을 좇았습니다. 이런 조치를 했으니, 그의 재물은 주인에게 충직한 이들의 몫이라는 걸 명심하십시오, 사힙.

상인을 가장한 하인은 아키멧이라는 이름으로 여행해서, 이제 아그라에 들어와 요새로 들어갈 방도를 궁리합니다. 내 젖형제인 도스트 아크바르가 그의 길동무여서 그의 비밀을 압니다. 도스트 아크바르는 오늘 밤 그를 요새의 옆문으로 안내하겠다고 약속했고, 이 문을 목적지로 택했습니다. 곧 그가 올 테고, 여기서 기다리는 마호멧 싱과 나를 만날 겁니다. 여긴 인적이 없고 아무도 그가 여기 오는 줄 모릅니다. 상인 아키멧은 세상에서 자취를 감추고, 왕의 어마어마한 보물은 우리끼리 나눠

가질 겁니다. 어떻게 하겠습니까, 사힙?'

우스터셔에서는 한 사람의 인생이 훌륭하고 신성해 보이오. 하지만 주변에 온통 불길과 피가 난무하고 몸을 돌릴 때마다 죽음과 마주치기 일쑤인 상황이라면 얘기가 아주 다르지. 내게 상인 아키멧이 사느냐 죽느냐는 공기처럼 가벼운 문제였고, 그 재산을 갖고 고향에서 뭘 할지 생각했소. 망나니 아들이 주

머니에 금화를 잔뜩 채워 돌아가면 가족들이 어떻게 쳐다볼까. 그러니 마음은 이미 정해졌소. 하지만 압둘라 칸은 내가 망설 인다고 생각하고 더 바싹 채근했소.

그가 말했소. '따져보십쇼, 사힙. 사령관에게 잡히면 그 자는 교수형이나 총살형을 당하고 보물은 정부가 몰수해서, 아무도 한 푼도 못 건집니다. 이제 우리가 그를 잡아 똑같이 하면 왜 안 됩니까? 보석은 동인도회사의 금고에 들어가듯 우리 수중에 들 어올 겁니다. 우리 모두 부자와 수장이 되기에 충분한 돈입니 다. 여긴 사람들과 떨어진 지점이라, 아무도 사고에 대해 알 수 가 없습니다. 목적 달성을 위해 이보다 좋을 수 있습니까? 그러 면 다시 한 번 말해보십시오, 사힙. 우리랑 같이 하겠습니까, 아 니면 우리가 당신을 적으로 간주해야겠습니까?'

'전적으로 당신들과 함께 하지'라고 내가 대답했소.

그가 '잘 됐습니다'라고 대답하면서 화승총을 돌려주었소. '우 리처럼 당신도 약속을 어기지 않을 터이기에 당신을 믿는다는 걸 아십시오. 이제 내 형제와 상인을 기다리기만 하면 됩니다.'

'하면 당신 형제는 우리가 무슨 일을 할지 알고 있소?'라고 내가 물었소.

'그가 세운 계획인걸요. 그가 꾸민 일입니다. 문으로 가서 마 호멧 싱과 불침번을 서시지요.'

우기가 막 시작되어 여전히 비가 추적추적 내렸소. 하늘에

갈색의 짙은 구름이 흘러서 가까운 거리만 겨우 보였소. 우리가 지키는 문 앞에 깊은 해자가 있었지만, 군데군데 물이 마르다시피 해서 쉽게 건널 수 있었소. 제 무덤으로 오는 사내를 기다리며, 두 펀자브 무뢰한들과 거기 서 있자니 이상했소.

문득 해자 저편에서 갓을 씌운 등잔 불빛이 보였소. 불빛은 흙더미 사이로 사라졌다가 다시 나타나 천천히 우리 쪽으로 다가왔소.

'여기 그들이 오는군!'이라고 내가 중얼댔소.

압둘라가 속삭였소. '평소처럼 검문하십시오, 사힙. 그 자가 겁먹을 빌미를 주지 마십쇼. 우리를 그와 보내면 다 알아서 하겠습니다. 그 사이 여기서 망을 보십쇼. 그 사내가 맞는지 확인할 수 있게 등잔 갓을 벗길 준비를 하십쇼.'

불빛이 반짝이며 앞으로 나오더니, 이제 멈추었다 다시 나왔소. 그러다 검은 두 형체가 건너편 해자에 모습을 드러냈소. 난 그들이 경사진 둔덕을 내려가 진창 속을 텀벙대다가 성문까지 반쯤 올라오도록 내버려두었소. 그러다가 검문하기 시작했소.

내가 소리를 낮춰서 '거기 누구요?'라고 물었소.

'친구들입니다'라고 저쪽에서 대답했소. 등잔의 갓을 벗겨서 그들에게 불빛을 비추었소. 먼저 거구의 시크교도가 보였소. 검은 수염이 허리띠까지 치렁치렁 했소. 서커스가 아니면 그런 꺽다리는 처음 봤소. 다른 사람은 땅딸막한 살찐 사내로, 큼직한 노란 터번을 두르고 보자기에 싼 꾸러미를 들고 있었소. 그는 겁나는지 벌벌 떨었소. 말라리아에 걸린 사람처럼 손을 비틀고, 구멍을 빠져나오려는 쥐처럼 눈을 반짝이면서 연신 좌우를 쳐다봤소. 그를 죽일 생각을 하니 등줄기가 서늘했지만, 보물을 생각하니 마음이 차돌처럼 단단해졌소. 사내는 내가 백인인 걸 알자 반가워서 소리를 내면서 내게 헐레벌떡 뛰어왔소.

그가 숨을 몰아쉬면서 말했소. '지켜주십시오, 사힙. 곤란에 처한 상인 아키멧을 지켜주십시오. 아그라 요새에서 피난하려고 라지푸타나를 가로질러 여기까지 왔습니다. 동인도회사의 친구라는 이유로 도적질당하고 맞고 욕을 먹었지요. 오늘 밤저와 보잘것없는 재물이 다시 한 번 안전해졌으니 크나큰 복입니다.'

'보따리에 뭐가 있소?'라고 내가 물었소.

그가 대답했소. '철제 궤짝인데, 값나가진 않지만 잃으면 서운할 가보 한두 점이 들어 있습니다. 저는 비렁뱅이는 아니니 젊은 사힙께 사례하겠습니다. 총독님이 제게 피난처를 주시면 그 분께도 사례하지요.'

이 자와 더 오래 대화할 수 없었소. 겁먹은 살찐 얼굴을 볼수록, 그를 냉혹하게 살해하는 게 더 어려울 것 같았소. 얼른 마무리하는 게 최선이었소.

내가 '이 사람을 중앙 경비대에 데려가도록!'이라고 말했소.

시크교도 두 명이 그의 양쪽에 붙어 섰고, 거구의 사내가 뒤따라갔다오. 그들은 어두운 문간을 지나 멀어졌소. 그렇게 죽음에 에워싸인 사내가 또 있을까. 나는 등잔을 들고 문간에 남아 있었소.

적적한 통로들을 지나는 잰 발소리가 들려왔소. 그런데 발소리가 뚝 끊기고, 사람들 목소리와 드잡이하는 소리, 가격하는 소리가 들렸소. 잠시 후 헉헉대면서 내 쪽으로 후다닥 뛰어오는 소리가 나서 난 화들짝 놀랐소. 등잔을 긴 직선 통로 쪽으로 돌리니, 거기 뚱보가 얼굴에 피를 흘리면서 바람처럼 달려오고 있었소. 칼을 든 거구의 시크교도가 검은 수염을 휘날리면서 호랑이처럼 성큼성큼 뛰어왔소. 땅딸막한 상인처럼 빨리 뛰는 사람은 난생 처음 봤소. 상인이 시크교도를 따돌리자, 난 그가 내 앞을 지나 트인 곳으로 가면 목숨을 부지할 걸 알았소. 안쓰러웠지만, 다시 보물을 생각하자 마음이 강하고 사나워졌소. 난 앞을 지나는 사내의 가랑이 사이에 화승총을 던졌고, 그는 총에 맞은 토끼처럼 두 번 굴렀소. 그가 비척비척 일어날 새도 없이 시크교도가 달려들어서 옆구리에 칼을 꽂았소. 상인은 신음소리도 못 내고 손가락 하나 까딱 못 한 채 그대로 쓰러졌소. 쓰러지면서 목이 부러졌을 거라 짐작되오. 내가 약속을 지키고 있다는 걸 여러분도 알 거요. 내게 유리한지 불리한지 따지지 않고, 벌어진 일을 그대로 모두 말하고 있소."

그가 밀을 밈추고, 홈즈가 준비해둔 불을 탄 위스키 쪽으로 수갑 찬 손을 내밀었다. 나로 말하자면 솔직히, 그가 끼어 든 냉혹한 사건도 소름끼쳤지만, 경솔하고 태연한 태도로 말하는 데 훨씬 경악했다. 그가 어떤 벌을 받을지 몰라도, 내 동정은 얻지

못할 터였다. 셜록 홈즈와 존스는 무릎에 손을 얹고 이야기에
깊은 관심을 보였지만, 똑같이 불쾌한 표정을 지었다. 스몰은 그
런 기색을 눈치 챘는지, 도전적인 말투와 태도로 말을 이었다.

"모든 게 아주 고약했다는 건 말해봤자 입만 아프오. 그런데
내 입장이었다면, 목이 잘릴 줄 알면서도 이 전리품을 거부했
을 자가 몇이나 될지 궁금하오. 게다가 상인이 요새에 있으면,
그와 나 둘 중 하나는 죽을 목숨이었소. 그가 빠져나가면 사건
전체가 발각될 테고, 난 군사법정에 넘겨져 총살될 게 뻔했소.
그런 시기에는 사람들이 별로 너그럽지 않았거든."

"계속 말해 보시오."

홈즈가 짧게 말했다.

"그래서 우린……, 압둘라, 아크바르, 나는 상인을 옮겼소. 그
렇게 작은 키치고는 제법 무거웠소. 마호멧 싱은 남아서 성문
을 지켰소. 우린 그를 시크교도들이 이미 물색해둔 곳으로 옮
겼소. 제법 멀었는데 구불구불한 통로들을 지나니 텅 빈 큰 홀
이 나왔고 벽돌로 된 벽이 무너져 있었소. 흙바닥 한 군데가 주
저앉아 천연 무덤이 따로 없었소. 그래서 우린 아키멧을 거기
에 넣고, 쏟아져 내린 벽돌들을 덮었소. 이 일을 마치자 우린 보
물이 있는 곳으로 돌아갔소.

보물은 아키멧이 처음 공격당하면서 떨어뜨린 자리에 있었
소. 그 탁자에 놓인 보석 궤짝이 바로 그거요. 뚜껑의 조각된 손

잡이에 묶인 비단실에 열쇠가 달려 있었소. 보석함을 열자, 어려서 고향집에서 읽고 상상했던 보석더미가 불빛에 드러났소. 쳐다보자니 눈이 부실 지경이었지요. 눈요기를 마치고 우린 보석들을 죄다 꺼내 목록을 만들었소. 두 번째로 크다는 대 무굴 다이아몬드*를 포함해 최고급 다이아몬드가 143점이었소. 그 다음에는 아주 섬세한 에메랄드 97점. 루비 170점이 있었지만 일부는 아주 자잘했어요. 가닛 40점, 사파이어 210점, 마노석 61점, 녹주석 다수, 오닉스, 캣츠 아이, 터키옥. 그리고 지금은 잘 알지만 당시에는 이름조차 몰랐던 보석들. 이 보석 외에 최고급 진주가 300알에 달했고, 그 중 12점은 금관에 박혀 있었소. 그런데 이 마지막 보석은 이미 꺼냈는지, 이번에 궤짝을 열었을 때는 안에 없었소.

보석을 다 헤아린 후 제자리에 도로 넣고, 마호멧 싱에게 보여주려고 성문으로 가져갔소. 그런 다음 서로 보호하고 비밀을 지키겠다는 맹세를 엄중하게 다시 했소. 약탈품을 안전한 곳에 숨겼다가 나라가 다시 평온해지면 그때 우리끼리 공평하게 나누기로 합의했소. 당장 보석을 나눠봤자 소용이 없었소. 그런 귀중품을 지니고 있다가 발각되면 의심을 살 테고, 요새 내에는 사생활이 없고 보석을 간수할 만한 곳도 없었소. 따라서 우

---

* 17세기 인도에서 발견된 787캐럿 다이아몬드를 말한다.

리는 보석함을 시신을 묻은 그 흙로 가져가서, 가장 온전한 벽의 특정한 벽돌들 밑에 움푹한 자리를 만들어 보석을 넣었소. 우린 그 장소를 꼼꼼히 기록했고, 다음 날 난 각자 소지하기 위해 도면 넉 장을 그렸소. 도면 하단에 우리 넷의 서명을 넣었소. 언제나 모두를 위해 처신하고 무엇도 악용하지 않겠노라 약조했으니까. 난 그 언약을 깨지 않았다고 가슴에 손을 얹고 맹세할 수 있소.

하긴 인도 폭동의 결말을 새삼 설명할 필요 없을 거요. 윌슨 장군*이 델리를 공략하고 콜린 경이 러크나우를 재탈환한 후, 저항의 축이 무너졌소. 새 부대들이 밀려들어왔고, 나나 사히브**는 전선에서 보이지 않았소. 그리어세드*** 대령이 이끄는 유격대가 아그라에 돌아와 폭도들을 싹 몰아냈소. 나라에 평화가 정착되는 듯하자, 우리 넷은 자기 몫의 전리품을 챙겨 무사히 떠날 날이 가까웠다는 희망을 품기 시작했소. 그런데 얼마 후 아키멧의 살인범들로 체포되면서 우리의 희망은 산산이 부셔졌소.

이런 경위였소. 왕이 아키멧에게 보석을 맡긴 것은, 하인의 충직함을 믿기 때문이었소. 하지만 동방 사람들은 의심이 많소.

그래서 이 왕은 훨씬 더 충직한 하인을 불러 아키멧을 염탐하는 일을 맡겼소. 이 두 번째 녀석은 아키멧에게 눈을 떼지 말라는 분부를 받고 그림자처럼 따라붙었소. 그날 밤 그는 아키멧을 미행하다가 성문을 지나는 것을 봤소. 당연히 아키멧이 요새 안에서 피신처를 구했다고 짐작하고, 다음 날 요새로 들어갔지만 아키멧의 자취를 찾을 수가 없었소. 너무 이상하다 싶어서 정찰대의 상사에게 이 일을 알렸고, 상사는 사령관에게 보고했소. 즉시 대대적인 수색이 시작되었고 결국 시신이 발견되었소. 모든 게 안전하다고 안심한 그 순간, 우리 넷 다 잡혀서 살인죄로 재판을 받았소. 우리 세 명은 그날 밤 성문 보초를 섰다는 이유로, 다른 한 명은 죽은 자의 동행으로 알려졌다는 이유 때문이었소. 재판에서 보석 얘기는 한 마디도 나오지 않았소. 왕이 퇴위당해 인도에서 추방되었기에, 아무도 보석에 관심이 없어서였소. 하지만 살인이 자행된 것은 확실했고, 우리 모두 범행에 관여한 게 명백했소. 시크교도 세 명은 종신 징역형을 받았고, 나는 사형선고를 받았지만 추후에 공범들처럼 종신형으로 감형되었소.

그러자 우리 아주 괴상한 상황에 처한 걸 알았소. 네 명 모두 감옥에 발이 묶여 다시 밖으로 나갈 귀한 가능성은 없다시피 했소. 그런데 쓸 수만 있다면 각자 대궐 같은 곳에서 떵떵거리며 살 수 있는 비밀을 안고 있으니 원. 엄청난 재물이 찾으러 오기를 기다리며 밖에서 기다리는 중인데, 말단 공무원들의 발길질과 손질을 견디고 밥과 물로 연명해야 된다는 점만으로도 애간장이 탈 노릇이었소. 정신줄을 놓을 수도 있었겠지만 난 언제나 강단이 있는 사람이었기에, 버티면서 때를 기다렸소.

마침내 때가 온 것 같았소. 나는 아그라에서 마드라스로, 거기서 안다만 제도의 블레어 섬으로 이송되었소. 이 개척지에는 백인 재소자가 극히 드물었고, 난 애초부터 얌전하게 처신했기에 곧 일종의 특혜를 받게 됐소. 호프 타운에 오두막 한 채를 배당받았다오. 호프 타운은 해리엇 산기슭에 자리한 아주 작은 고장이고, 난 제법 긴 시간을 혼자 지냈소. 으스스하고 열병이 만연한 곳이고, 개간지 뒤편은 야만적인 식인 풍습을 가진 원주민들이 득실댔답니다. 그들은 우리에게 독화살을 날릴 기회를 호시탐탐 엿봤소. 우린 땅을 파고 도랑을 내고 마를 재배하고, 그 외에도 열두어 가지 일을 하느라 종일 분주했소. 하지만 저녁이면 혼자 지낼 짬이 좀 있었소. 여러 가지 일 중에서도 난 의무실 의사를 대신해 약을 조제하는 법을 배우고 의학 지식을 수박 겉핥기로 익혔소. 늘 탈출 기회를 엿봤지만, 다른 섬까지 거리가 수백 킬로미터 이상이고 인근 바다에는 바람이 거의 없었소. 그러니 빠져나가기가 엄청나게 어려울 수밖에 없었소.

의무실의 닥터 소머톤은 민첩하고 놀기 좋아하는 청년이라, 저녁이면 젊은 장교들이 그의 방에 모여 카드 판을 벌였소. 내가 자주 약을 조제했던 의무실은 의사의 응접실 옆방이었고, 두 방 사이에는 작은 창이 나있었소. 자주 쓸쓸할 때마다 의무실의 등불을 끄고 거기 서서, 그들이 노름하는 광경을 보고 들을 수 있었소. 나 자신이 카드놀음을 좋아해서, 남들이 노는 걸 구경하는 게 직접 하는 것만큼이나 재미있었소. 원주민 부대들을 지휘하는 숄토 소령, 모르스탄 대위, 브롬리 브라운 중위가 그 자리에 있었고 의사도 끼었소. 그 외에 교도관 두셋이 있었는데, 교활하게 안전한 게임을 벌이는 타짜들이었소. 그들은 느긋하게 어울리곤 했소.

그런데 얼마 안 지나서 난 알아차렸소. 군인들이 민간인들에게 주구장창 돈을 잃는다는 사실을 말이오. 부당한 짓이 있었단 말은 아니지만, 사정은 이랬지. 이 교도관들은 안다만 제도에서 근무한 이후 카드노름 말고는 할 일이 없었어요. 그러니 서로 노름하는 스타일을 어느 정도 아는 반면, 나머지 사람들은 시간이나 보낼 요량으로 노름을 해서 마구잡이로 덤벼들었소. 밤이면 밤마다 군인들은 돈을 더 많이 잃고 일어났고, 많이 잃을수록 점점 더 노름에 매달렸소. 숄토 소령이 가장 심했소. 그는 처음에는 지폐와 금으로 판돈을 냈지만 곧 약속어음을 냈고 그것도 거액이 되었소. 가끔 소령은 몇 판 따서 위로를 받았지만, 이내 운이 다해서 이전보다도 많이 잃곤 했소. 그는 온종일 분개하며 돌아다녔고, 감당 못할 만큼 과음하기 시작했소.

어느 밤 그는 평소보다 훨씬 많이 잃었소. 내가 오두막에 앉아 있는데, 숄토 소령과 모르스탄 대위가 비틀거리며 숙소로 돌아가고 있었소. 그들은 막역한 친구였고 찰떡처럼 붙어 다녔소. 숄토 소령이 돈을 잃은 데 대해 열변을 토하고 있었지.

내 오두막 앞을 지날 때 소령이 이렇게 말하고 있었소. '다 끝났네, 모르스탄. 난 서류를 제출해야 되네. 파탄 나버렸어.'

대위가 어깨를 툭 치면서 말했소. '말도 안 되는 소리! 나 또한 크게 낭패를 봤지만……' 거기까지만 들을 수 있었는데, 생각을 이어가기에 충분했소.

이틀 후 숄토 소령이 해변을 거닐고 있기에, 그에게 말을 걸 기회로 삼았소.

내가 말했소. '조언을 구하고 싶습니다, 소령님.'

그가 입에서 궐련을 빼면서 물었소. '음, 스몰, 무슨 일인가?'

내가 대답했소. '여쭤보고 싶은 게 있는데요. 감춘 보물을 누구한테 넘기는 게 적당합니까? 제가 50만 파운드어치 보물이 있는 곳을 알거든요. 그런데 제가 그 보물을 쓸 수가 없으니, 적당한 당국자에게 넘기는 게 최선이라고 생각했습니다. 그러면 당국자가 제가 감형을 받게 해주겠지요.'

'50만 파운드라고 했나, 스몰?' 숄토는 입을 헤벌리고, 장난이 아닌지 확인하려고 빤히 쳐다봤소.

'그렇습니다, 소령님. 보석과 진주로요. 보물은 누구든 가져가도록 거기 묻혀 있습니다. 그런데 원래 주인은 추방당해 재산을 챙길 수 없으니, 먼저 가는 사람이 임자라는 게 기묘하지요.'

그가 중얼댔소. '정부에 넘겨야겠지, 스몰. 정부에.' 하지만 머뭇거리는 말투였고, 그가 걸려들었다는 걸 난 알았소.

'그러면 제가 정보를 총독에게 넘겨야 된다고 보시는 군요, 소령님?'이라고 내가 조용히 대꾸했소.

'저기, 저기 말이지…… 어떤 조치도 성급히 취하면 안 되네. 그랬다간 후회할 걸세. 내게 사연을 다 말해보게, 스몰. 있는 그대로 털어놓게.'

나는 사연을 전부 말했소. 그가 장소들을 알아내지 못하게 살짝 바꾸긴 했지만. 이야기를 마치자 숄토 소령은 꼼짝 않고 깊은 생각에 잠겼소. 그가 입술을 씰룩이는 걸 볼 때, 마음속에서 갈등하는 걸 알 수 있었소.

마침내 그가 입을 열었소. '이건 대단히 중요한 일이네, 스몰. 아무에게도 이 일을 발설하면 안 되네. 그럼 곧 다시 만나러 오겠네.'

이틀 후, 오밤중에 소령과 단짝인 모르스탄 대위가 등잔불을 들고 찾아왔소.

숄토가 말했지. '모르스탄 대위에게 자네 입으로 그 이야기를 해주면 좋겠네, 스몰.'

전과 똑같이 말해주었소.

'그럴듯하지 않나? 움직여 볼 만하지?'라고 숄토가 말했소.

모르스탄 대위가 고개를 끄덕였소.

소령이 말했소. '이보게, 스몰. 이 친구와 내가 거듭 의논했고, 자네의 비밀은 결국 정부와 무관한 사적인 일이라고 결론 내렸네. 당연히 자네가 최선이라고 생각하는 대로 처리하면 되네. 이제 문제는 자네가 얼마를 요구하느냐 일세. 조건에 합의할 수 있다면 우리가 일을 맡아, 최소한 조사라도 해보고 싶군.' 그는 냉정하고 태연하게 말하려 했지만, 흥분과 탐욕이 번뜩이는 눈빛이었소.

나는 '그건 말입니다, 장교님들'이라고 대꾸했소. 나 또한 냉정하려 애썼지만, 소령과 똑같이 흥분되었소. '제 처지라면 내걸 수 있는 조건이 딱 하나겠지요. 두 분이 제가 자유를 얻게 도와주시고, 제 동료 세 명도 자유를 얻게 도와주시기 바랍니다. 그러면 저희가 두 분을 동업자로 인정해 5분의 1을 몫으로 드릴 데니, 두 분이 나누십쇼.'

숄토 소령이 대답했소. '흠! 5분의 1이라! 이거 그다지 구미가 당기지 않는구먼.'

'각자 5만 파운드가 될 텐데요'라고 내가 응수했소.

'그런데 어떻게 자네들이 자유를 얻게 해준단 말인가? 불가능한 요구라는 건 자네도 잘 알 테지.'

내가 대답했소. '절대 그렇지 않습니다. 모든 일을 조목조목 다 생각해두었습니다. 탈출의 걸림돌은 딱 하나, 타고 갈 배와 오래 버틸 식량이 없는 겁니다. 캘커타나 마드라스에는 적당한 쾌속 범선과 작은 배가 많습니다. 배 한 척을 가져오십시오. 밤에 저희를 배에 태워 인도 해안 어디든 내려주시면, 두 분은 거

래 조건을 완수하는 겁니다.'

'한 사람만이라면'이라고 소령이 중얼댔소.

내가 대꾸했지요. '전원이 아니면 안 됩니다. 그렇게 맹세했으니까요. 반드시 우리 넷이 언제나 같이 움직이기로.'

숄토 소령이 말했소. '봤지, 모르스탄. 스몰은 약속을 지키는 사람이네. 친구들을 따돌리지 않는다고. 우리가 이 친구를 믿어도 될 것 같군.'

모르스탄 대위가 대답했소. '이건 지저분한 일이네. 하지만 자네 말처럼 돈이 우리가 짓는 죄를 충분히 보상해줄 테지.'

소령이 말했소. '이보게, 스몰. 우리가 자네 조건에 맞추려고 애써야겠지. 물론 먼저 자네 주장의 진위를 확인해야겠지. 궤짝이 숨겨진 곳을 말해주면, 내가 휴가를 내서 매월 있는 교대선을 타고 인도로 가서 조사하겠네.'

그가 흥분할수록 난 냉정하게 대답했소. '그렇게 서두르지 마십시오. 세 친구의 동의를 얻어야 되니까요. 네 명 전원이 아니면 안 된다고 말씀드리겠습니다.'

소령이 맞받아쳤소. '어처구니없는 소리! 검둥이 셋이 우리의 합의와 무슨 상관이 있단 말인가?'

'검든 파랗든 그들은 저와 일심동체이니 넷이 같이 갑니다.'

그리하여 두 번째 만남에 마호멧 싱, 압둘라 칸, 도스트 아크바르가 참석했고, 그 자리에서 문제가 일단락되었다오. 우린 다시 상의했고 결국 합의에 이르렀소. 아그라 요새의 일부가 그려진 도면에 보석이 숨겨진 벽의 위치를 표시해 두 장교 모두에게 주기로 했소. 숄토 소령이 인도에 가서 우리의 주장을 확인할 예정이었소. 그는 보석함을 발견하면 그 자리에 두고, 항해 준비를 한 작은 범선을 보내기로 했소. 배가 러틀랜드 섬 외곽에 서 있으면 우린 배로 가고, 그는 업무에 복귀할 계획이었소. 그러면 모르스탄 대위가 휴가를 신청해서 우리와 아그라에서 만나고, 거기서 최종적으로 보물을 나누기로 했소. 모르스탄은 본인 몫뿐 아니라 소령의 몫도 받기로 했소. 우린 이 모든 걸 철저히 지키겠노라 엄숙히 맹세했소. 나는 종이와 잉크를 붙들고 밤을 새웠고, 아침에 도면 두 장을 완성했소. 그곳엔 압둘라, 아크바르, 마호멧, 내 이름이라는 네 개의 서명이 들어있었소.

이런, 장황한 이야기로 여러분들 진이 빠지게 했군그래. 우리 존스 수사관이 나를 유치장에 안전하게 넣고 싶어 안달이 난 걸 알겠소. 최대한 간략히 말하리다. 숄토, 그 나쁜 놈은 인도로 떠났지만 다신 돌아오지 않았소. 모르스탄 대위는 바로 얼마 후 그의 이름이 적힌 우편선 승객 명단을 내게 보여주었소. 소령은 숙부가 죽으면서 유산을 남겼다며 군에서 세대했소. 하지만 우리 다섯을 따돌리려고 거짓말을 했을 수도 있소. 얼마 후 모르스탄이 아그라에 갔고, 예상대로 보물이 사라진 걸 알았소. 그 불한당이 우리가 비밀을 넘기면서 내건 조건은 하나도 지키지 않고 보물을 몽땅 훔쳐간 거였소. 그때부터 나는 오로지 복수를 위해 살았소. 낮에도 복수를 생각하고, 밤에도 복수를 궁리했소. 그것만이 강력하게 내 마음을 사로잡았소. 법이나 교수대 따위는 안중에도 없었소. 탈출하는 것, 숄토를 추적하는 것, 놈의 목을 따는 것, 오직 그 생각만 했소. 마음속에서는 숄토를 처치하는 게 아그라의 보물보다 중했소.

아, 평생 동안 별별 일을 해왔고 실행에 옮기지 않은 일이 없었소. 하지만 때가 무르익기까지 지루한 세월이었소. 아까 의술을 좀 익혔다고 말했죠. 그런데 어느 날 닥터 소머톤에게 재소자들이 숲에서 안다만 제도의 열병에 걸린 왜소한 사내를 만나 데려왔소. 사내는 죽을병에 걸려서 죽으려고 한적한 곳을 찾아온 참이었소. 원주민은 어린 뱀처럼 위험했지만 난 그를 맡아 돌봤고, 2개월 후에는 그가 온전해져서 걸을 수 있게 되었소. 그러자 그는 날 무척 따랐고, 숲으로 돌아가지 않고 늘 내 오두막 주위를 어슬렁댔소. 난 그에게 원주민 말을 조금 배웠고 그로 인해 그의 마음을 더 얻었소.

통가는, 그게 그의 이름이었소, 뛰어난 뱃사공이었으며 크고 넓은 카누를 갖고 있었소. 난 통가가 헌신적이어서 날 돕는 일이라면 물불 가리지 않으리란 걸 알자, 탈출할 기회를 엿보았소. 통가와 이 일을 계속 상의했소. 정해진 날 밤, 통가가 경비원이 없는 선창으로 배를 가져와 날 태우기로 했소. 난 물을 담

은 조롱박 몇 개와 마, 코코넛, 고구마를 많이 가져오라고 지시
했소.

　왜소한 통가는 충직하고 진실했소. 그보다 충실한 동반자는
없었을 거요. 정해진 날 밤, 통가는 선창에 배를 댔소. 그런데
우연히도 교도소 경비병 하나가 거기 있었소. 그는 욕하고 때

릴 기회를 절대 놓치지 않는 비열한 파탄족*이었소. 늘 복수를 다짐하던 차에, 이제야 기회가 앞에 생겼지요. 섬을 떠나기 전에 빚을 갚으라고 운명이 놈을 내 앞에 던져준 것 같았소. 놈은 카빈총을 메고 나를 등진 채 방파제에 서 있었소. 대갈통에 던질 돌을 찾느라 두리번댔지만 보이질 않았소.

그때 기묘한 생각이 떠올라 무기로 쓸 만한 걸 알려주었다오. 난 어둠 속에 앉아서 의족을 풀었소. 난 외발로 길게 세 번 뛰어서 놈에게 다가갔소. 그가 카빈총을 어깨에 걸쳤지만 난 앞통수를 힘껏 후려갈겼소. 보다시피 놈을 후려친 부분이 쪼개졌소. 우린 같이 쓰러졌소. 난 균형을 잡지 못해 쓰러졌지만, 일어나 보니 놈은 여전히 조용히 널브러져있었소. 난 배로 갔고, 한 시간 후 우린 제법 먼 바다로 나갔소. 통가는 전 재산을, 무기와 믿는 신들을 갖고 떠났소. 그 중에서도 긴 대나무 창과 안다만 코코넛 돗자리 몇 개를 가져왔기에, 난 그것들로 돛을 만들었소. 열흘간 운을 믿고 떠다녔고, 열 하루째에 말레이인 순례자들을 태우고 싱가포르에서 제다**에 가는 상선의 구조를 받았소. 별난 사람들이었고, 통가와 나는 곧 그들 속에 낄 수 있었소. 그들은 아주 좋은 장점 하나를 갖고 있었소. 남들을 그냥

---

* 인도, 서남아시아 등지에 거주하는 종족이다.
** 사우디아라비아 서부의 홍해에 인접해 있는 도시로 메카의 외항이다.

두고 아무 질문도 하지 않는 점이었소.

아, 난쟁이 동반자와 내가 겪은 모험을 다 말하면 여러분이 반기지 않을 거요. 여기서 날밤을 새게 될 테니까. 우린 세상의 이곳저곳을 떠돌았고, 늘 걸림돌이 생겨서 도무지 런던으로 갈 수가 없었소. 하지만 단한번도 나는 목표를 외면한 적이 없었소. 밤이면 숄토 꿈을 꾸곤 했지요. 자면서도 백 번쯤은 놈을 죽였을 거요. 그러다 3~4년 전 마침내 영국에 오게 되었소. 그리 어렵지 않게 숄토의 거처를 파악했고, 그가 보석을 처분했는지 아직 갖고 있는지 알아내려 애쓰기 시작했소. 도움이 될 만한 사람들과 사귀었고, 물론 그들이 곤란해지면 안 되니 이 자리에서 이름은 밝히지 않겠소. 곧 나는 숄토가 아직노 보석을 갖고 있는 걸 알았소. 여러 방법으로 그를 덮치려 해봤지만, 아주 교활한 놈인데다 권투 챔피언 둘이 늘 따라다녔소. 게다가 아들들이랑 급사도 놈을 지켰소.

하지만 어느 날, 놈이 죽어간다는 전갈이 왔소. 부랴부랴 정원에 도착했지. 놈을 그대로 손아귀에서 놓칠까봐 난 제정신이 아니었소. 창을 들여다보니 숄토가 침대에 누워 있고, 침대 양쪽에 두 아들이 있었소. 들이닥쳐서 셋을 처리할 기회로 삼으려는 순간, 숄토의 턱이 늘어지는 걸 봤고 그가 가버렸다는 걸 알았소. 그날 밤 그의 침실에 숨어들었고, 우리의 보석을 감춘 장소를 기록한 문건을 찾으려고 서류들을 뒤졌소. 그러나 아무리 찾아봐도 없었기에, 할 수 없이 참담하고 분한 마음으로 빠져나왔소. 떠나기 전 문득 이런 생각이 들었소. 시크교도 친구들과 다시 만날 경우, 우리의 증오를 알릴 흔적을 남긴 줄 알면 다들 흡족해 할 것 같았소. 그래서 도면에 있는 것처럼 우리 넷의 이름을 휘갈겨 써서 놈의 가슴에 꽂았소. 그놈에게 속아서 보물을 잃게 되었음에도 아무 흔적 하나 없이 무덤으로 고이 보낸다면 너무하잖아요.

이 무렵 장터 같은 곳에서 가여운 통가를 검은 식인종으로 구경시켜 먹고 살았소. 그는 날고기를 먹고 전쟁 춤을 추었고, 덕분에 하루 일이 끝나면 모자에 동전이 수북했소. 난 여전히 폰디체리 로지의 모든 소식을 전해 들었지만, 몇 년간 그들이 보물을 찾고 있다는 것 외에는 다 시시한 소식이었소. 그런데 마침내 우리가 그다지도 오래 기다린 일이 일어났소. 보석이 발견됐다는 소식이었소. 보석은 집 꼭대기, 바르돌로뮤 숄토의 화학실험실에 있었소. 난 득달같이 달려가 그곳을 봤지만, 의족을 하고 어떻게 거기 올라갈지 난감하기 짝이 없었소. 하지만 지붕에 뚜껑 문이 있다는 사실과 바르돌로뮤의 저녁 식사 시간을 알게 되었소. 통가를 통해 일을 쉽게 처리할 수 있을 것 같았소. 통가는 고양이처럼 타오를 수 있었고 곧 지붕을 통해 들어갔지만, 운 나쁘게도 바르돌로뮤가 아직 방에 있다가 그 사달이 나고 말았소. 통가는 그를 죽인 걸 아주 똑똑한 처사로 여겼소. 그래서 내가 밧줄을 타고 올라가 보니, 그는 공작새처럼 뻐기면서 서성대고 있었소. 내가 밧줄 끝으로 후려갈기면서 피에 굶주린 귀신이라고 욕하자, 통가는 아연실색했소. 나는 보석함을 챙겨서 아래 내려놓고 미끄러져 내려왔소. 그 전에 보물이 드디어 원주인에게 돌아갔음을 알리는 네 개의 서명을 탁자에 올려두었소. 그러자 통가가 밧줄을 끌어올리고 창문을 닫은 다음, 들어왔던 그대로 빠져나왔소.

이제 더 할 말은 없는 것 같소. 어느 뱃사공에게 스미스의 증기선 오로라 호에 대해 들었기에, 도망치는 데 편리한 배라고 짐작했소. 스미스와 약속을 했고, 그가 우리 배에 안전하게 데려다주면 거액을 주기로 했소. 분명히 그는 미심쩍은 구석이 있는 걸 알았지만 우리 비밀에 끼지 않았소. 이건 다 사실이고, 여러분에게 이 이야기를 하는 이유는 재미를 주기 위해서가 아니오. 당신들에게 큰 호의를 받지 않았으니까. 내가 할 수 있는 최상의 변호는, 아무 것도 숨기지 않는 거라 믿기에 말하는 거요. 내가 숄토 소령에게 혹독하게 당했고 그 아들의 죽음에 결백하다는 걸 세상에 알려야 된다고 믿어서요."

셜록 홈즈가 말했다.

"이야기를 아주 잘 했소. 극도로 흥미로운 사건의 적절한 결말이오. 당신이 밧줄을 갖고 간 부분을 제외하면, 설명의 후반부에서 새로운 대목은 없군요. 밧줄 부분은 나도 몰랐소. 그런

데 통가가 독화살을 다 잃어버린 줄 알았는데, 그는 배에서 우리에게 독화살을 쐈소."

"독화살을 다 잃어버렸지만, 당시 대롱 안에 하나가 있었소."

"아, 그랬겠네. 그 생각은 못 했군."

홈즈가 중얼댔다.

"뭐든 더 묻고 싶은 게 있소?"

범인이 친근하게 물었다.

"없는 것 같소. 고맙소."

내 동료가 대답했다.

애설니 존스가 말했다.

"아, 홈즈. 당신은 직성이 풀려야 되는 사람이고, 당신이 범죄 전문가라는 것은 다들 아는 사실이오. 하지만 의무는 의무인데, 난 이미 한계를 넘어 당신과 친구의 편의를 봐주었소. 우리 이야기꾼을 안전하게 수감해야 내 마음이 더 편안하겠소. 택시 마차가 아직 대기 중이고, 아래층에 경찰관 두 명이 있소. 두 사람이 도와주면 무척 고맙겠소. 물론 당신들은 법정에서 증언해야 될 거요. 안녕히."

"안녕히 계십쇼, 두 신사양반."

조나선 스몰이 인사했다.

그들이 방을 나설 때 조심성 많은 존스가 말했다.

"앞서시오, 스몰. 그 의족으로 맞지 않도록 극히 조심해야겠소. 당신이 안다만 제도에서 경비병에게 저지른 일을 당하면 안 되니까."

홈즈와 한참 말없이 담배를 피운 후, 내가 입을 열었다.

"흠, 우리의 작은 드라마가 드디어 끝났군. 이번이 자네의 수사 기법을 연구하는 마지막 기회일 것 같네. 모르스탄 양이 나를 장래의 남편으로 받아주는 영광을 베풀었거든."

홈즈는 몹시 낙담한 듯이 신음을 내뱉었다.

그가 말했다.

"그럴까 걱정했는데 사실 축하는 못 하겠네."

나는 좀 상처를 받았다.

내가 물었다.

"내 선택에 불만을 가질만한 이유가 있나?"

"전혀 없네. 만나본 숙녀들 가운데 가장 매력적이고, 방금 우리가 해결한 사건에서 가장 크게 도움이 됐다고 해야겠지. 모르스탄 양은 그런 면에서 확실히 뛰어나네. 아버지의 문건들 중 아그라 도면을 보관한 것 좀 보게. 하지만 사랑은 감정적인 것이고, 뭐가 됐든 감정적인 것은 진짜 냉철한 이성에 어긋난다네. 난 무엇보다 이런 이성을 우선시하지. 나는 판단이 흐려지지 않도록 절대 결혼하지 않을 걸세."

내가 웃으면서 응수했다.

"내 판단력은 시련을 이기고 건재하리라 믿네. 그런데 자네, 지쳐 보이는군."

"그렇다네. 이미 반응이 밀려오고 있어. 1주일간 절인 배추처럼 늘어져 있을 걸세."

"이상하기도 하지. 자네는 흔히 게으르다고 하는 상태와 에너지가 치솟고 혈기왕성한 상태에 번갈아 빠지니."

내가 말했다.

홈즈가 대꾸했다.

"그래. 내 안에는 엄청난 농땡이 기질과 무척 활달한 기질이 같이 있지. 나도 자주 괴테 선생의 말을 생각한다네.

슬프도다,
자연은 선한 인간성과 불한당의 자질을 가진 인간이
한 가지 자질만 갖고 태어나게 했으니.

"그런데 이 노우드 사건에서 내 추측대로 집에 조력자가 있었음을 알 수 있네. 다름 아닌 집사 랄 라오였지. 사실 존스 수사관은 물고기를 낚은 영광을 독차지할 만하네."

홈즈의 말에 내가 응수했다.

"독차지는 좀 불공평하네. 이 사건에서 모든 수사는 자네가 했어. 난 이번 일로 신부를 얻었고, 존스는 공로를 쌓았지. 그런데 자네에겐 뭐가 남았나?"

셜록 홈즈가 말했다.

"내겐 아직 코카인이 남아 있네."

그는 길고 하얀 손을 약병으로 뻗었다.

셜록 홈즈, 그 위대한 역사

작가 아서 코난 도일

아서 코난 도일은 1859년 스코틀랜드에서 태어났다. 빅토리아 여왕 재임 기간(1837~1900)이던 19세기 중반은 몇십 년에 이른 산업혁명의 효과들이 영국뿐만 아니라 유럽 전반에 서서히 나타나던 시기였다. 한 예로 1851년에는 파리에서 만국박람회가 개최된 바 있다.

경제의 급속한 팽창에 힘입어 정치는 한층 제국주의적 형태(셜록 홈즈의 패션 아이템인 헌팅캡과 해포석 담배 파이프는 전형적인 제국주의 상징물이다.)를 띠어 갔으며, 적자생존으로 해석된 통속적 다윈주의가 문화적으로 각광받게 되었다. 도일의 작품에 세포이 반란(영국의 관점에서는 반란이고 인도의 관점에서는 항쟁이다.)

등 식민지 인도와 관련된 이야기들이 많은 것도 이와 무관하지 않다.

성장기에 코난 도일은 아버지보다는 어머니인 메리 도일의 영향을 크게 받았다. 아버지 형제들은 유명 삽화가나 박물관장을 보냈을 정도로 유능했으나 유독 아버지만은 사회적 성공과는 거리가 멀어 자격지심에 빠진 나머지 알코올 중독에 이르고 말았다. 쇠락한 귀족 가문의 후예였던 메리 도일은 아들을 아버지와 떼어 놓기 위해 경제적으로 곤궁했음에도 당시 최고의 의과대학이던 에든버러 의과대학에 진학시켰다. 코난 도일은 거기서 운명적으로 셜록 홈즈의 모델이 된 스승 조셉 벨 박사를 만난다.

의과대학 졸업 후에는 아프리카 서해안을 항해하는 화물선에서 의사로 일하다가 귀국해서 동창생과 함께 개업했다. 그러나 다투는 바람에 곧 헤어지고, 혼자서 안과 의원을 개업하면서 글쓰기를 시작했다. 여러 차례 집필과 투고를 반복하지만 한동안 작가로서 주목받지 못하다가 셜록 홈즈가 등장하는 두 번째 작품《네 개의 서명》이 크게 성공했다. 사실 글 쓰는 데 재능을 보였던 도일은 내심 의사로서 살아가기보다 집필에 뜻을 두고 있었다. 1889년에 발표한 역사소설《마이카 클라크(Micah Clarke)》는 오스카 와일드로부터 크게 칭찬을 받기도 했다.

심령학 서적을 집필한 추리 소설가

코난 도일이 본격적으로 대중에게 알려진 것은 〈보헤미아 왕실 스캔들〉과 〈빨강 머리 연맹〉이 어느 편집자의 눈에 띄어 〈스트랜드 매거진〉에 실리면서였다. 그 후 거의 모든 홈즈 이야기는 이 잡지에 연재되었다.

코난 도일은 매우 활발한 성격을 지니고 있었다. 도일이 40대에 이르렀을 때에는 보어 전쟁이 발발하였는데, 적지 않은 나이였음에도 사회에 대한 복무 차원에서 기꺼이 군의관으로 참전하였다. 이 공로로 도일은 기사 작위를 받았다. 또 20세기 초반에는 두 번이나 국회의원에 도전하지만 모두 낙선하였다. 도일은 다재다능한 사람으로 '남자라면 무릇 세상의 모든 일을 경험해 봐야 한다.'는 주의를 가진 활력이 넘치는 활동가였다. 오토바이광이자 아마추어 권투선수였으며 크리켓 솜씨 또한 수준급이었다.

1906년 아내 루이스 호킨스가 결핵으로 세상을 떠나고 이듬해 진 래키와 재혼했다. 두 번 결혼했던 그는 지인에게 관대하고 너그러웠으며, 금전적 정신적 지원을 마다하지 않은 좋은 사람이었다.

그의 인생에서 주목할 만한 점은 심령학에 관한 책을 집필했다는 점이다. 그의 직업이 추리 소설 작가이자 의사라는 점을 감안하면 매우 독특한 행보였다. 제1차 세계대전 때 아들 킹

슬리(Arthur Kingsley)가 세상을 떠나자 심령학에 빠지기 시작하였고, 어머니와 동생이 죽자 그 일에 더욱 매진해 《새로운 계시(The New Revelation)》 같은 심령학 서적을 출간하기도 했다.

그는 1929년부터 협심증을 앓기 시작했으며 1930년 7월에 서식스에서 심장 발작으로 사망해 윈들섬의 정원에 묻혔다. 셜록 홈즈 이야기를 연재했던 〈스트랜드 매거진〉은 다음과 같은 추도사로 코난 도일의 인생을 요약했다.

그는 인생을 한껏 누리며 살았다.

셜록 홈즈가 제시한 탐정의 덕목

독자들은 다방면에 매력이 넘치는 셜록 홈즈는 잘 알아도 정작 작가 코난 도일의 이름을 모르는 경우가 왕왕 있다. 이 현상에 대해 1930년대 영국에서 시와 비평으로 문명(文名)을 떨쳤던 집단 오든(Auden)은 톨스토이의 '안나 카레니나'와 '셜록 홈즈'를 비교하면서, 안나 카레니나는 소설의 배경에서 떼어 낼 수 없는 인물이지만, 홈즈는 그렇지 않기 때문이라고 주장한 바 있다. 그들에 따르면 신화를 만들어 내는 상상력(Mythopoeic imagination)의 산물인 셜록 홈즈의 존재는 사회적 역사적 맥락에 구속되지 않기 때문에, 작가의 캐릭터라기보다는 독자의 캐릭터라는 것이다.

오든의 흥미로운 해석은 셜록 홈즈를 제재로 쓴 다른 작가의 작품—패러디(소재나 문체를 흉내 내어 풍자적으로 표현)와 패스티쉬(원작의 캐릭터와 분위기를 충실히 모방)—이 왜 그리 많은지를 잘 설명해 준다. 대표적으로 니콜라스 메이어(Nicholas Meyer)의 《셜록 홈즈의 7퍼센트 용액(The Seven-Per-Cent Solution)》과 설홍주를 등장시킨 우리 작가 한동진의 《경성탐정록》이 있다.

셜록 홈즈가 제시한 훌륭한 탐정이 가져야 할 세 가지 덕목을 살펴보자.

첫째, 관찰력이다. 관찰하는 것과 단순히 보는 것은 엄연히 다르다. 셜록 홈즈는 여자를 볼 때면 옷소매를 남자를 볼 때면 바지 무릎을 본다. 아니, 관찰한다. 남다른 관찰력은 셜록 홈즈만이 가진 능력이기도 하지만, '사소한 것을 관찰한다.'는 의미에서 프로이트에 가 닿아 있는 시대정신이기도 하다. 셜록 홈즈의 애독자였던 프로이트는 '농담' 같은 사소한 표현 행위의 분석을 통해 상대의 진의를 파악한다.

둘째, 추리방법인 가추법(Abdution, 假推法)이다. 물론 원문의 표현은 추리과학(The science of Deduction)이지만, 연역법(Deduction)과는 분명한 차이가 있기에 가추법이라고 의역하는 게 낫겠다.

가추법이라는 신조어를 만들어 낸 사람은 《장미의 이름(Il nome della rosa)》으로 유명한 이탈리아 기호학자이자 추리 소설가인 움베르토 에코(Umberto Eco)이다. 에코는 퍼스(Charles Sanders Peirce)의 기호학을 연구하던 차에 퍼스의 논리가 셜록 홈즈의 논리와 같다는 것을 발견했다. 연역 추리가 사례로부터 결과로 나아간다면(① 모든 사람은 죽는다[대전제], ② 코난 도일은 사람이다[사례], ③ 그러므로 코난 도일은 죽는다[결과]), 가추법은 결과(③)로부터 사례(②)로 나아간다.

가추법은 흔히 '상식의 논리'로 통하다가―셜록 홈즈의 추리가 때로는 뻔한 이유가 바로 그 때문이다―19세기가 되어서야 명확히 인식되기 시작했다. 그러나 태양 아래 새로운 것은 없다고 가추법을, 계몽주의를 대표하는 볼테르(Voltaire)의 자디그(Zadig)적 방법론과 비교하기도 한다. 자디그는 성경의 욥과 같은 고난을 겪은 바빌로니아 청년으로 본 적이 없는 '도난당한 왕의 말과 여왕의 개'의 외관을 정확히 추리해 내는 바람에 도둑으로 체포된다. 바로 이 추리법이 셜록 홈즈의 가추법과 같다는 것이다.

셋째, 지식이다. 셜록 홈즈는 박학다식으로 정평이 난 인물이다. 런던의 주요 거리와 지역 곳곳에 대해 속속들이 알고 있을 뿐만 아니라, 해부학, 화학, 통계학, 양봉 기술, 지문학, 독극물학, 심지어 75가지 향수를 구별하는 지식까지, 과연 한 사람이 무슨 수로 그 많은 지식을 얻었을까 의심이 들 정도로 해박하다.

아서 코난 도일은 4편의 장편 추리소설과 56편에 이르는 단편 추리소설을 쓴 것으로 알려져 있다. 앞서 얘기했듯 그 대부분은 〈스트랜드 매거진〉에 연재되었으며, 셜록 홈즈의 폭발적 인기에 힘입어 잡지가 수십만 부나 팔렸을 정도로 사회적 반향이 엄청났다고 한다. 당시의 분위기를 보여 주는 증언이 있다.

모든 잡지 가판대마다 1실링짜리 싸구려 탐정소설이 꽂혀 있고, 정기구독자를 겨냥한 잡지라면 반드시 강도와 살인 미스터리를 실어야 한다.

셜록 홈즈 시리즈에서 장편보다 단편이 압도적으로 많은 이유는 홈즈라는 인물을 드러내기에 장편보다는 단편이 더욱 효과적이라서 그렇다는 의견이 지배적이다. 셜록 홈즈라는 탐정은 아주 짧은 시간 동안 재기 넘치는 추리를 펼치며 독자에게 강한 인상을 남긴다. 사실 4편의 장편 역시 굳이 분량을 따졌을 때 장편이라고 구분 지을 뿐 그다지 긴 이야기라는 느낌은 들지 않는다. 장편에서 핵심 인물인 홈즈의 역할 비중을 따져 보면 단편이나 중편에 가깝다는 뜻이다. 다만, 단편에 비해 사건의 규모가 약간 크거나 범죄의 얼개가 좀 더 복잡하게 얽혀 있을 뿐 홈즈는 단편에서 보여 주는 모습처럼 짧고 굵게 활약한다.

결국 홈즈는 장·단편을 구분하지 않고 비슷하게 모습을 드러내며 비슷한 일을 한다. 여기에서는 셜록 홈즈의 장편 4편에 대해 살펴보겠다.

주홍색 연구

동거인을 구하던 왓슨은 홈즈를 소개받는다. 특이한 행동을 보이는 홈즈가 썩 마음에 들지는 않았지만, 사람의 겉모습만 보고도 어떤 사람인지 알아내는 능력 등의 특이한 재능에 서서히 끌린다. 어느 날, 그렉슨 경감에게 홈즈를 찾는 연락이 오고, 홈즈와 함께 간 곳에는 외상 하나 없는 남자의 시신이 있었다. 정원과 실내를 관찰하고는 홈즈는 피해자가 독살당했으며, 가해자는 180센티미터의 신장에 인도산 트리치노폴리 담배를 피운다고 추리하는데…….

최초의 장편 추리소설인 《주홍색 연구》는 1887년 판 〈비턴의 크리스마스〉 연감에 발표되었으며 단행본은 다음 해에 나왔다. 여기서 우리는 홈즈가 처음 등장하는 장면에 주목할 필요가 있다.

실험실에는 테이블 위로 허리를 굽힌 채 뭔가에 열중하고 있는 한 사람뿐이었다. 그는 인기척을 느끼고 흘끗 돌아보더니 기쁨의 환호성을 치며 뛰어왔다.

"드디어 발견했어! 해냈다고!"

셜록 홈즈는 무엇보다 '실험적 인간'이며, 그것은 다름 아닌 삶을 끊임없이 시험대에 올려놓고자 했던 코난 도일의 각인된 모습이며, 나아가서 가추법은 결론으로 도출되고 난 뒤에도 언제든 새로운 실험에 의해 뒤집어질 수 있다는 점에서 영국적 정신의 표현이라고 주장할 수도 있을 것이다. 영국적 정신은 이념이라는 대륙적 정신에 반대한다.

모르몬교를 다룬 이 작품에서 셜록 홈즈는 뚜렷한 이목구비에 매부리코, 꿰뚫어 보는 듯한 날카로운 눈을 가진 경이로운 직관력을 가진 인물로 그려진다. 차츰 독자에게 친숙해지는 레스트레이드 형사와 그랙슨 형사가 등장하며, 홈즈는 포의 뒤팽을 '상당히 능력이 떨어지는 사람'으로, 가브리오의 르콕 탐정을 '자신은 하루 만에 해치울 일을 반년이나 끄는 무능한 사람'으로 평가한다.

그런데 왜 하필 주홍색 연구일까? 어느 학자에 의하면 런던의 색은 무엇보다 붉은색이다. 지표에 철 성분이 많아 상토를 살짝 들춰내면 붉은색을 띤다는 것이다.

네 개의 서명

사건 의뢰가 없어 무료함에 빠진 홈즈에게 젊은 여성인 메리 모르스탄이 찾아온다. 그녀의 아버지는 인도에서 장교로 복무 중이고, 어머니는 일찍 세상을 떠나 어렸을 때부터 영국에서 혼자 살았다고 한다. 그러던 어느 날, 메리 모르스탄은 자신의 주소를 묻는 신문 광고를 보았고, 그녀는 신문 광고란에 자신의 주소를 알렸다. 그리고 나서 매년 이유도 모른 채 누군가로부터 진주 한 알씩 받아 왔고, 이번에는 직접 만나자는 편지를 받았다고 한다. 메리 모르스탄은 이 문제에 대해 상담하기 위해 홈즈를 찾아가는데…….

1890년 2월 '네 개의 서명 그리고 숄토가의 의혹'이라는 제목으로 〈리핀코트 매거진〉에 실렸다. 홈즈의 유명한 어록 중 하나인 '불가능한 결론을 다 제쳐두었을 때 하나 남은 결론이 아무리 기이하게 보일지라도 진실이다.'라는 얘기가 나온다. 소설 후반부의 〈조나선 스몰의 이상한 이야기〉는 단편소설과 달리 치밀한 구성에서 오는 긴장감을 떨어뜨린다는 지적이 있다.

배스커빌가의 개

유서 깊은 귀족 가문의 찰스 배스커빌은 어느 날 수수께끼 같은 죽음을 맞는다. 사건 현장 옆에는 거대한 개의 발자국이 발견되었다. 그리고 유산 상속자인 헨리 배스커빌은 '어두워지면 황무지에 나가지 말라.'는 경고성의 편지를 받는다. 헨리의 친구 제임스 모티머는 셜록 홈즈에게 자문을 구하고, 왓슨이 먼저 사건 현장에 가서 진상을 조사하게 되는데……

1901년 8월 호부터 1902년 4월 호까지 〈스트랜드 매거진〉에 나누어 연재되었다. 불꽃이 일렁이는 턱과 쏘는 듯한 눈을 가진 짐승에게 쫓긴 찰스 경은 주목나무 길 끝에서 심장병과 공포로 죽고 만다. 상속자인 헨리 배스커빌 경이 나타나고 홈즈는 범인이 새 구두가 아니라 헌 구두를 가져간 것에 촉각을 곤두세운다.

공포의 계곡

명망 있는 벌스톤 저택의 주인이 얼굴도 알아볼 수 없을 정도의 끔찍한 총상으로 살해당한다. 저택 안에는 아내와, 그의 친구라는 한 남자, 하인들만 있을 뿐이다. 여섯 시만 되면 해자 위로 성과 밖을 연결해 주는 다리를 올려 버리는 이곳에서 어떻게 범인이 숨어 들어와 살해를 저지른 것일까? 벌스톤의 비극이 알 수 없는 지경으로 번져 가고 있을 때, 사건의 단서들을 찾아낸 홈즈는 살해당한 자가 성의 주인인 더글라스가 아니라 사실은 그를 살해하려고 왔던 자임을 밝혀내는데……

제1차 세계대전이 발발한 즈음인 1914년 9월에서 1915년 5월까지 〈스트랜드 매거진〉에 연재되었다. 홈즈의 숙적이자 암

살의 대가인 모리아티 교수가 등장하는 작품으로 장편소설의 대미를 장식한다. 밀실의 수수께끼와 하드보일드(Hard-boiled) 적 요소가 결합된 독특한 작품으로 평가된다.

백휴*

---

* 추리 소설 작가. 서강대학교 철학과를 졸업하고, 연세대학교 대학원 철학과를 수료했다. 1991년 《샤프의 비밀》로 데뷔했고, 1994년, 한국추리작가협회에서 《낙원의 저쪽》으로 추리문학상 신예상을, 1997년 《사이버 킹》으로 대상을 받았다. 1994년부터 1996년까지 한국추리작가협회 사무국장을 역임했다. 집필한 장편소설로는 《장미 벼랑에 서다》 《여자 곱하기 남자》 《여탐정 최유리 1·2》, 단편집으로는 《세기말의 동화》(공동 창작집)가 있다.

1859년 5월 22일 스코틀랜드 에든버러에서 아버지 찰스 도일과
        어머니 메리 도일 사이에서 둘째 아들로 태어났다.

1870년 랭카스의 예수회 학교인 스토니 허스트에서 5년간 중등교
        육을 받았다.

1875년 펠트커크에 위치한 예수회 대학에서 수학했다. 이후 의학
        공부를 하기 위해 에든버러 의과대학에 입학했고, 에든버
        러 보건소 외과 의사인 조셉 벨 밑에서 수학했다. 은사였
        던 조셉 벨 교수는 독특한 유머와 날카로운 관찰력을 지
        닌 사람으로, 후에 셜록 홈즈의 모델이 된다.

1879년　첫 번째 이야기 《사사싸 계곡의 미스터리》를 에든버러의 주간지 《챔버스 저널》에 기고했다.

1881년　대학을 졸업하고 의사 자격증을 획득한 뒤 아프리카 서해안을 항해하는 화물선의 선의로 근무했다.

1882년　폴리머스시 교외에서 병원을 개업했다. 1872년에 발생한 메리 셀레스트호의 승무원 실종사건을 소재로 삼은 단편 소설 《J. 하바쿡 제퍼슨의 증언》을 익명으로 《콘힐 매거진》이라는 잡지에 투고해 1884년 1월호에 실렸다.

1885년　루이스 호킨스와 결혼했다. 매독에 대한 논문으로 의학 박사 학위를 취득했다.

1886년　전부터 동경해오던 에드거 앨런 포와 에밀 가보리오의 영향으로 탐정 소설을 쓰기로 결심하고 홈즈 시리즈 중 최초의 작품인 《네 개의 서명》를 완성하지만 출판사에서 출간을 원하지 않아 이듬해에 발표되었다.

1889년　역사 소설인 《마이카 클라크》가 출간되어 인기를 얻었다.

1890년 《굳건한 거들스턴》을 출간했다. 《네 개의 서명》이 《리핀코트 매거진》에 실렸다. 비엔나에서 안과학을 공부하기 위해 오스트리아로 떠났다.

1891년 런던에서 안과 전문의로 개업했지만 경영 악화로 의사 생활을 접고 작가로 살아갈 것을 결심했다. 사우스노드로 거주지를 옮기고 《스트랜드 매거진》에 홈즈 시리즈를 차례로 발표했다.

1892년 셜록 홈즈 시리즈의 첫 번째 단편집 《셜록 홈즈의 모험》이 출간됐다.

1893년 아내 루이스가 결핵 진단을 받았다. 셜록 홈즈 단편이 《스트랜드 매거진》에 계속 발표 된 뒤 《셜록 홈즈의 회상》이라는 제목으로 묶이고, 이중 하나가 〈마지막 사건〉으로, 코난 도일은 셜록 홈즈가 라이헨바흐 계곡에서 떨어져 죽는 것으로 설정했다. 아버지 찰스 도일이 사망했다.

1894년 《붉은 등불 주위에서》를 출간했다.

1900년 보어 전쟁 당시 남아프리카로 의사를 자원하여 떠났다.

《위대한 보어 전쟁》을 출간했다. 에든버러 선거구에서 자유 연합 당원 후보자로 출마했으나 낙선했다.

1902년 기사 작위를 수여받았다.

1903년 독자들의 요청으로 다시 홈즈 시리즈를 집필했다.

1905년 세 번째 단편집인 《셜록 홈즈의 귀환》을 출간했다.

1906년 아내인 루이스가 사망했다.

1907년 9월 18일에 진 레키와 재혼한 후에 서식스주로 이주했다.

1911년 독일, 영국, 스코틀랜드를 횡단하는 자동차 경주에 참가했다.

1912년 SF소설 《잃어버린 세계》를 출간했다.

1914년 제1차 대전이 발발하자 자원했다. 홈즈 이야기인 《공포의 계곡》이 《스트랜드 매거진》에 연재를 시작했다.

1916년   처음으로 전선을 방문하여 프랑스에서 영국의 참전을 촉
         구했다. 더블린에서 부활절 봉기 반역 혐의로 처형당한 로
         저 케이스먼트 경의 구명 운동이 무위로 돌아갔다(《잃어버
         린 세계》에서 존 록스턴 경은 부분적으로는 케이스먼트 경의
         모델이다).

1917년   《스트랜드 매거진》에 단문 〈셜록 홈즈 씨의 성격에 대한
         소고〉를 발표했다. 네 번째 단편집인《셜록 홈즈의 마지막
         인사》를 출간했다.

1927년   다섯 번째 단편집《셜록 홈즈의 사건집》을 출간했다.

1930년   7월 7일, 크로버러 저택에서 사망했다.

옮긴이 공경희

서울대학교 영어영문학과를 졸업한 후 번역 작가로 활동 중이며, 성균관대학교 번역 TESOL 대학원 겸임 교수를 역임하였다. 번역서로 《시간의 모래밭》《매디슨 카운티의 다리》《모리와 함께한 화요일》《타샤의 정원》《호밀밭의 파수꾼》《파이 이야기》《셜록 홈즈 - 주홍색 연구》《프레디 머큐리》등이 있으며 저서로 북 에세이 《아직도 거기, 머물다》가 있다.

초판본 네 개의 서명 : 1892년 오리지널 초판본 표지디자인

초판 1쇄 펴낸 날 2019년 4월 22일

지은이   아서 코난 도일
옮긴이   공경희
펴낸이   장영재
펴낸곳   (주)미르북컴퍼니
자회사   더스토리
전 화   02)3141-4421
팩 스   02)3141-4428
등 록   2012년 3월 16일 (제313-2012-81호)
주 소   서울시 마포구 성미산로32길 12, 2층 (우 03983)
E-mail   sanhonjinju@naver.com
카 페   cafe.naver.com/mirbookcompany

(주)미르북컴퍼니는 독자 여러분의 의견에
항상 귀 기울이고 있습니다.